# 詞彙化與語法化
## ——理論框架及應用分析

Lexicalization and Grammaticalization-
The Theoretical Framework and Applied Analysis

陳菘霖 著

臺灣學生書局印行

# 詞彙化與語法化
# ——理論框架及應用分析

# 目 次

# 圖目次

# 表目次

# 摘 要

　　本書的寫作視野是站在歷時、共時語言學的視角，論述詞彙化、語法化兩項理論的框架及應用分析。書中的特色是，首先嘗試透過知識體系的建構了解「語法/文法」、「章法」之分與合。藉由大量的文獻資料楬櫫了在語文學和語言學立論基礎之上「語法/文法」、「章法」有其各自的目的、內容、方法。本書將以語言學為理論基礎，討論語言本體的變化因此通用「語法」為專業術語。

　　其次，本書先以文獻質化討論詞彙化、語法化在東西方語言學的共時、歷時定義、產生機制、驅動動因、原則與假設，經由文獻對比與語料參照勾勒出此兩項理論的框架，並比較兩者的共性、殊性，以呼應語言發展的普遍性與類型差異。

　　有別於一般的文獻質化討論，本書透過 Histcite 文獻計量軟體及 VOSviewer 視覺化軟體，呈現詞彙化、語法化研究領域中重要的期刊、作者、引文編年及關鍵詞類聚，能更清晰的探究理論研究的發展脈絡；再者為了補足文獻計量方法的不足，透過文獻計量方法、質化討論後，進入到本書的應用分析。本書使用各類語料庫為來源，試圖討論語音象徵詞的詞彙化及轉類，而其結論是語音象徵詞已經具備高度詞彙化，應該要考量在語句中的使用，而非單獨的將之視為虛詞，由此才能體現動態語法的思維；接著再探討新興程度副詞「巨」和「賊」的共時、歷時語法化歷程，這兩個副詞的來源是：前者是來自語言內部結構的變化，後者是語言接觸。兩者都歷經了主觀化、語用推理、隱喻、類變/降類等語法化的動因、機制與原則。

　　最後是本書的結論與展望，書中特別指出語言學和語文學應該呈現互補、互惠的態勢，以及文獻計量方法與質化探索的重要性，

還有重視語料庫語言分析。而本書雖然如實的分析、呈現語言樣貌的發展，但仍有部分欠缺之處待未來繼續深究。

　　綜觀而論，本書結合了歷時、共時語言學，融通古今、東西文獻，達成詞彙化和語法化理論框架及語料庫應用分析的貢獻。

# Abstract

The book discusses and analyzes the frameworks and applications of the two theories lexicalization and grammaticalization from the perspective of diachronic and synchronic linguistics. It first tries to differentiate or combine "文法 'grammar' / 語法 'grammar'" and "章法 'art of composition'" through constructing a knowledge system. On the basis of philology and linguistics, it utilizes a large amount of literature to reveal that "grammar'" and "art of composition" have their own purposes, contents, and methods. The book chooses 語法 to mean "grammar" because it discusses the changes in 語言 'language' with 語言學 'linguistics' as its theoretical basis.

Secondly, chapter two discusses lexicalization and grammaticalization studies from synchronic and diachronic definitions, generating mechanisms, driving motives, principles, and assumptions in Eastern and Western linguistics. It outlines their theoretical frameworks through literature comparison and corpus reference and compares their commonalities and specificities to echo language development's universality and type differences. After chapter two, chapter three presents important journals, authors, literature in chronological order, and keyword clusters in lexicalization and grammaticalization studies. Unlike the generally conducted qualitative discussions of literature review, the book uses bibliometrics and visualization to scrutinize the developmental context of theoretical research more clearly. In addition, the book supplements its insufficient materials for bibliometric analysis with qualitative discussions of literature on lexicalization and grammaticalization.

An analysis of applications follows the bibliometric analyses and qualitative discussions. With corpora as its main source materials, the book discusses the lexicalization and conversion of sound symbolic words. It concludes that sound symbolic words are highly lexicalized and that researchers should not only regard them as function words but consider their usages in sentences and reveal the thinking of emergent grammar in them. Then it investigates the synchronic and diachronic grammaticalization processes of emerging degree adverbs 巨 and 賊. The former results from changes in the internal structure of language, while the latter results from language contact. Both have experienced motivations, mechanisms, and principles of grammaticalization, such as subjectification, pragmatic reasoning, metaphor, and decategorialization.

The final part is the book's conclusion and outlook. The book specifically points out the necessity for linguistics and philology to complement and benefit each other, the value of bibliometric analysis and qualitative exploration, and the importance of corpus language analysis. The book truthfully analyzes and presents the development of language features, but there is still room for further studies in the future.

Overall, The book incorporates diachronic and synchronic linguistics and integrates ancient and modern Eastern and Western literature. It contributes by analyzing the theoretical frameworks and corpus applications of lexicalization and grammaticalization.

# 第一章　緒　論

## 1.1 知識體系的建構

英語的 "Grammar" 在現代漢語[1]裡可被翻譯為「語法」或「文法」，但哪一個更具適切性？這個問題在 1960 年代就已經受到注目。陳望道、吳文祺、鄧朗 1960 年 11 月 25 日在《文匯報》發表〈「文法」、「語法」名義的演變和我們對文法學科定名的建議〉（陳望道 2009）。其說法是一開始「文法」是正名，後「語法」、「文法」並用，之後「語法」為正名「文法」則成了別名並逐漸衰落。隔年 1961 年《中國語文》期刊，馮志偉（1961）發表了〈「語法」定名勝於「文法」〉以及王福庭、饒長溶（1961）〈應該用「語法」〉說明他們的立場並指出幾個問題：

> 「文法」的意義在近十多年來不夠明確也容易引起誤解，是因為它不能反應所表達的內容。五四（1919）以前《馬氏文通》表現出頌古非今的想法，將研究材料僅限於四書、三傳、史、漢文，以汲古為榮，這種情形下研究出來

---

[1]　本書中所使用的「漢語」、「華語」、「中文」都是指涉現代通行的共通語，使用不同的詞只是因行文風格與詞彙搭配的差異，並不影響本書的論述。

的「法」當然是「文」的「法」。五四之後口語的研究、白話文的研究成為了主要內容，也就是說「語」上升到主要的地位。用「語法」既可以表達書面語的「法」有可表達口語的「法」，完全能夠把實際的意義表達出來，可見「語法」勝於「文法」（馮志偉）。

「語」有話、說、成語、諺語等意思，「文」有字、文章、文言、文飾等意思。「文法」一詞修辭功能比較強，可以做種種比喻用法，而「語法」沒有這樣的能力（王福庭、饒長溶）。

由上述可知 1960 年代 "Grammar" 對譯為「語法」或「文法」曾有一段關於知識體系的論戰。按照上文所示諸位學者認為「文法」一詞研究材料限於文本，強調文體、修辭、文章的重要性，而「語法」較能體現書面語和口語的規則，所以「語法」勝於「文法」。事實上每一門學科的發展，都有其歷史脈絡與傳承目標，歷久之後而建立成為「知識體系」（Body of Knowledge），所以若要說明「語法」、「文法」的問題將涉及到知識體系的建構，包含學科的目的（Purpose）、內容（Content）以及方法（Method），還有學科的歷史背景和學理基礎。Oliver（2012：3）將知識體系定義為是一套完整的概念（Concepts），應用在術語和專業領域，是任何知識組織的一種知識呈現（Knowledge Representation）。從這個定義出發後續將討論「語法」、「文法」的分合概念，並兼論相關學科的跨議題討論使教學者及研究者有一大致的脈絡。

## 1.2 文法與章法之分合

　　"Grammar" 一詞來源於古希臘語表示對文學進行有條不紊的研究，也是現代最廣義的 "Philology"（語文學）[2]，其研究內容涵蓋文本和美學批評、文學史和古代文本的調查、典故的解釋等。公元前二世紀 Dionysus Thrax 寫了名為 Téchnē Grammatikḗ（The Art of Grammar）的著作，書中從字母、音節和詞性方面分析文學文本[3]。

　　從這個簡單的定義來看，"Grammar" 初始是建立在語文學的基礎上服務於文學、文本。另從「牛津英語字典」（Oxford English Dictionary, [OED]）的定義來看，"Grammar" 一詞在十六世紀早期專指拉丁文文法，因為當時拉丁語是唯一教授的語言之後成了一個通用術語，以致於通常前面有一個形容詞表示所指的語言如：Latin grammar, English grammar, French grammar，而 "Grammar" 的研究範圍包含了處理語言屈折形式（Inflectional Forms）或句子中單詞的關係，以及既定用法的使用規則通常還包括語音系統及其書面。

　　簡述而論建立在語文學基礎上的 "Grammar"，其目的不僅是服務文學而且也應用於教學同時也當作一門藝術看待，為了能

---

[2]　牛津字典的定義是：Love of learning and literature; the branch of knowledge that deals with the historical, linguistic, interpretative, and critical aspects of literature; literary or classical scholarship.（熱衷學習和文學，處理文學的歷史、語言、解釋和批評方面的知識分支、文學或古典學術。）

[3]　參見大英百科全書 "grammar" 詞條 https://www.britannica.com/。

一窺 Dionysus Thrax 的著作進而了解西元前二世紀的專家如何建構 "Grammar" [4]的知識體系，我們查找了由 Thomas Davidson（1874）翻譯的英文本[5]並摘錄部份英文論述如下：

> *Grammar is an experimental knowledge of the usages of language as generally current among poets and prose writers. It is divided into six parts:*
>
> *1. Trained reading with due regard to Prosody.*
>
> *2. Explanation according to poetical figures.*
>
> *3. Ready statement of dialectical peculiarities and allusions.*
>
> *4. Discovery of Etymology.*
>
> *5. An accurate account of analogies*
>
> *6. Criticism of poetical productions, which is the no-blest part of grammatic art.* [6]

這本大約二十頁的英文翻譯本，開宗明義就清楚的指出 "Grammar" 的目的是語言用法的試驗性知識，並廣泛流行在詩人和散文作家中。其方法包含了六類：訓練閱讀注意韻律、詩詞解釋、辯證和典故的陳述、詞源、精確的闡述類推，最後是詩歌

---

4　本文暫時不使用中文翻譯的文法或是語法，因為後文將會討論到這兩個用語的差異。

5　參見 Internet Archive　https://archive.org/details/grammarofdionysi00dion
　　uoft/page/n3/mode/2up。

6　原文使用 *grammatic art.* 按現代英文寫為 grammatical art. 在此保留原文。

作品的批評，也是語法藝術的最高境界。再細究書中的內容，除了談到閱讀、語調之外還有標點（句號和逗號的區別）、詩句的狂想（A rhapsody is a part of a poem.）、字母、音節（長、短音節）、八大詞類（There are eight parts of speech: Noun, Verb, Participle, Article, Pronoun, Preposition, Adverb, and Conjunction.）、句子的綴合（A Sentence is combination of words, either in prose or in verse, making complete sense.）。由上述可知，英語 "Grammar" 詞源出現的非常早，其知識是為了達到致用的目標，主要的知識內容是為服務於文學，藉以分析文本中史詩、作品的思維、賞析思維、韻律等甚至當作一門藝術來看。

到了後古典（Post-classically）時代[7]，"Grammar" 被框列在語言部分並應用於教學一直延伸到現代的學科意義。"Grammar" 從初始的賞析目的再到語言教學、語言規範而到語言結構研究，可以略見知識體系的轉折和變化。據此可知，西方對於 "Grammar" 知識體系的看法是從服務於語文學的目的而產生。而後文將以漢語語言學為討論範圍，了解一般所稱的「語法」、「文法」、「章法」之目的、內容與方法。

# 1.3 語法/文法、章法之合——語文學基礎

"Grammar" 在現代漢語裡可被翻譯為「語法」或「文法」，但是古代漢語中「文法」意指法令、條文，像是《史記》「弘為布被…每朝會議，開陳其端，令人主自擇，不肯面折庭

---

7　後古典時代大約在公元 500 年至公元 1450 年的時期。

爭…辯論有餘，習文法史事…」又如《漢書》「今天下已定，令各歸其縣，復故爵田宅，吏以文法教訓辨告，勿笞辱。」這樣看來古、今兩代所使用的「文法」成為了同形異義詞。

　　王力（1962、2013：176）從學術史的發展觀點指出漢語語言學曾受過兩次外來的影響，第一次是局部性的來自於印度並影響了聲韻學的研究；第二次是全面性的來自於西洋並影響了語言學的各個方面。文中指出雖然在宋代就有「靜字」和「動字」之分（即現代的名詞、動詞），但距離整個語句體系的建立架構還是有很大的差距所以只能算是萌芽期，真正建立漢語語言結構體系要算是馬建忠的《馬氏文通》（光緒二十四年/1898）該書是受到西洋「葛郎瑪」"Grammar"的影響。

　　從王力（1962、2013）的這段話可以得到兩個訊息，第一是印度的語言研究影響了漢語語言學的知識體系。根據岑麒祥（1988：13）、俞允海和潘國英（2007：38）的說法，古印度語言研究集中在三個方面：梵語文法及詞類（構詞）、語音音韻與《吠陀經》詩歌韻律、語意引申，主要是體現了語文學（Philology）的特點，但因為缺乏適當的研究環境以致於不能在原地開花結果。公元十六世紀印度語言研究傳到了歐洲，並確立了梵語和拉丁語、希臘語的親屬關係。梵語的傳入促進了漢語反切、四聲的發現。

　　從他們所說的這三個面向回溯來看，漢語語言學的知識體系和西方（如 1.1 節）的架構相同都是從語文學（Philology）出發。正如林燾（2010：2）所言西漢末年大批古印度僧人到中國傳教，需要譯經、通曉漢梵讀音直到東漢出現「反切」注音。除了讀經、譯經的目的之外，創作詩詞曲、科舉考試更是推動了漢

語音韻學的盛行，從此之後聲韻學的研究就不斷的開展，並將研究內容放在韻書、方言及至運用重構（Reconstruction）、比較法（Comparative Method）建構音系傳承與變化，這也就是王力（1962、2013）所說的局部性影響。

　　第二是十九世紀西方語言的影響，此時正逢歐洲現代語言學風起雲湧的時期。Robbins（2001、2014：182）指出廣義來說十九世紀是「歷史比較法」（Comparative Method）的時代，主要關注語言的歷史關係及語族認識、格林定律（Grimm's Law）的系統性音變以及後期「新語法學派」（Neogrammarians）主張的語言規律沒有例外，把語言理解為個人的心理和生理過程，其研究重點是個人的語言因素。同時也進一步影響了索緒爾（Ferdinand de Saussure）早期的理論，後期才轉到結構主義（Structuralism）觀點，至二十世紀後成為了結構主義和生成語言學的時代。

　　據此，我們可以知道十九世紀到二十世紀，歐洲語言學的興起不僅在歷時語言學，而且也拓展了共時語言學的研究，從音系、語言譜系、比較法延伸至語意、符號及語言結構的聚合性（Paradigmatic Relation）和組合性（Syntagmatic Relation）的關係，也就是全面的影響了漢語語言學的研究內容和方法。

　　但是為什麼王力（1962、2013）說遲至十九世紀才有「葛郎瑪」"Grammar"的體系？且所謂的「葛郎瑪」"Grammar"我們又該如何理解？張伯江（2013：4）認為十九世紀末受西方學術的影響，漢語語言學開始有了「文法」的研究，也就是注重作文之法涵蓋了詞法及章法兩個概念。這個說法和先前（1.1 節）提到西方"Grammar"用於分析文學文本的概念相同，也就是

「文法」主要目的服務於文學，而「文法」的內容與詩文創作的對仗、修辭、組織句式、敘事構造有關。所以如果說《馬氏文通》是奠定漢語語言學的句群研究，那麼將「葛郎瑪」"Grammar"對應為「文法」似乎更為貼切，也就是凸顯「文章（學）之法」。正如楊樹達（1929）《高等國文法》在序言所述「吾國文法之學，素無專著…滿清之季，西洋科學輸入，文法學亦漸為國人所注意…及馬氏師西法作文通，我國文法始卓然成為一科…」。由於西學東漸，過去漢語語言學建構在聲韻、語意、文字的體系，在十九世紀末二十世紀初轉向以文法為研究的內容，並逐漸壯大聲勢。我們進一步考察承襲《馬氏文通》體系的五本書籍中的序言（含《馬氏文通》（1898）、陳承澤（1922）《國文法草創》、黎錦熙（1925）《新著國語文法》、章士釗（1928）《中等國文典》、楊樹達（1929）《高等國文法》）的內容藉以了解當時「文法」知識體系的樣貌[8]。

《文通序》

慨夫蒙子入塾，首授以四子書，聽其終日伊吾；及少長也，則為之師者，就書衍說。至於逐字之部分類別，與夫字與字相配成句之義，且同一字也，有弁於句首者，有殿於句尾者，以及句讀先後參差之所以然，塾師固昧然也…此書在泰西名為葛郎瑪。葛郎瑪者，音原希臘，訓曰字式，猶云學文之程序也。各國皆有本國之葛郎瑪，大皆相

---

[8]　相關書影可查國家圖書館，臺灣華文電子書庫 https://taiwanebook.ncl.edu.tw/zh-tw。

似，所異者音韻與字形耳。童蒙入塾，先學切音，而後授
以葛郎瑪，凡字之分類與所以配用成句之式具在。

　　由上可知所謂的「字與字相配成句之義」對照現代語言學來
說即有短語或詞組的架構，而且這裡的「字」大致與「詞」的概
念較為接近。所謂「葛郎瑪者，音原希臘，訓曰字式，猶云學文
之程序也」，也看出《馬氏文通》還是著重於對文本、文章的結
構闡釋。

　　龔千炎（1997：33）、俞允海、潘國英（2007：134）他們
肯定《馬氏文通》的四項貢獻：首先是建立了漢語的詞類體系，
將其分為實字（名字、代字、動字、狀字等）、虛字（介字、連
字、助字等）歸功於吸收西方的框架；其次是句子成分系統像是
「起詞」（相當於現代的主語）、「語詞」（相當於現代的謂
語）、「止詞」（相當於現代的賓語）等；再來是引入西方的
「格位」（Case）提出六個「位次說」，「主次」、「賓次」、
「正次」、「篇次」、「同次」、「前次」；最後是「句讀論」
也就是建立在傳統的語文學，就如《文通序》序言所謂「是書本
旨，專論句讀，而句讀集字所成者也。惟字之在句讀也，必有其
所，而字字相配，必從其類，類別而進論夫句讀焉。」進一步來
看與《馬氏文通》體系相承的陳承澤（1922）《國文法草創》在
序言就明白指出：

　　　　語言、文字問題其為重要，人人知之。從事於研究者，亦
　　　　固有人矣。…洎乎近日通西文者乃承襲外國文法，施諸漢
　　　　文之研究，其說明方法誠較新矣，其研究範圍亦較廣矣，

　　然而攻鑽或涉於皮毛，比附每鄰於牽強，遂欲認為研究之
正軌，恐亦未然也。…或謂中國文法曖昧，無明確之規
則；或謂頭緒太繁，研究難於成就；以余所見，殊皆不
然。何也？規則曖昧要有脈絡可循；研究繁難，不過多糜
時日也。吾國之國民性，敏達恢廣，往往執通而略異，知
綱而疏目，重神明而輕規矩。

　　從陳承澤（1922）《國文法草創》的序言來看，前人清楚的
了解語言文字研究的重要性，而且指出當時的語法研究系統受到
了西方語言學的影響，進而產生比附、牽強的狀況；其次點出了
有的人認為中國文法「曖昧」與「規則」是因為過去注重文章的
通曉表達、明白大意以及文體精神的理解，而欠缺對結構規律的
分析。由此可見當時所謂的「文法」實際上就是為文學而服務的
知識概念。

　　龔千炎（1997：44）對《馬氏文通》和《國文法草創》做了
評價，他指出這兩部專著都是文言文法之作，但《馬氏文通》缺
乏語言學理論的基礎，他認為「有一成之律貫乎其中，歷千古而
無或少變」欠缺語言是不斷發展改變的觀念，同時單憑意義進行
文法分析沒有注重形式和意義的結合，而《國文法草創》不免受
到時代的侷限，除了提出「活用」的概念外沒有更多的建樹。

　　綜合上述學者對《馬氏文通》的論述，可以清晰的看到清末
民初所謂的「葛郎瑪」（Grammar）開始有了西方的語言學的內
容特別是詞類和格位，但當時還處在「字」的概念，而不像現代
將書寫系統的「字」和句群規則的「詞」做區分。此外，這些早
期的專家仍然建立在語文學的基礎上，「文法」的目的在於「句

讀」做為「離經辨志」所用，也就是文章的休止、行氣與停頓的方式近似現代的句號與逗號，這和上節（1.1 節）古希臘的知識體系一致，而「文法」的研究方法以文言古籍中斷句、析字為主並兼論賞析。由此借證「文法」即詞法、章法之學的撰寫思維。

雖說《馬氏文通》之後的句群體系有基本的雛形，但從我們掌握的四本專著（《新著國語文法》、《國文法草創》、《中等國文典》、《高等國文法》）來看仍可以分為兩條方向：第一條路仍舊承襲「字」、「詞」、「語」、「句」不分的概念，大致承襲《馬氏文通》的框架，像是陳承澤（1922）《國文法草創》的內容：字與詞、虛字與實字、名字、動字、像字、副字、介字、連字、感字、活用之實例。第二條路由黎錦熙（1925）《新著國語文法》以「句本位」為其立場，開始有「詞類」、「字」、「語」、「句」、「格位」、「句類」（疑問句、命令句、感嘆句等）、「變用」的區分。黎錦熙（1925）書中明確說明了「語法」、「短語」、「字」、「詞」和「句法」的定義如下：

把這種習慣和規則，從我們說話的實際上歸納出來、整理、排列、加以說明這就叫國語文法簡稱叫「語法」。句法：若干的詞（或短語）集合起來，聯成一個句子；就這一個句子來考究它中間各個觀念連結配置的方法，和所擔任的職務，便須將一個句子分解為若干部分，這叫做「句的成份」…若就綜合方面看來，這便是研究「句的組織法」，簡稱「句法」。「字」就是一個個的「單字」。「詞」就是說話的時候表示思想中一個觀念的「語詞」由

> 兩個詞聯合起來還沒有成句的叫做「短語」，簡稱「語」。能夠表示思想中一個完全的意思的叫做「句子」，簡稱「句」。

從黎錦熙（1925）所述的內容來看，把從實際的話語歸納說明的規則簡稱叫「語法」，此時已經具備現代語言學常說的「形式」（Formal）和「功能」（Functional）之別，即形式語法（黎錦熙所稱的「句法」）傾向於堅持在形式理論之內尋求解釋，功能語法（黎錦熙所稱的「語法」）則把注意力放在語言結構所依賴語境的性質上，而不是去分析脫離了口語和社會語境的語言結構（田意民、曾志朗、洪蘭 2002）。其次《新著國語文法》對於「字」、「詞」亦進行了區分，相較於早先所使用的「名字」、「動字」、「像字」等，黎錦熙（1925）對「詞」、「字」和「語」的概念已經建立清晰的區別和定義。

龔千炎（1997：64）指出《新著國語文法》的體系主要來自J.C. Nesfield：《English Grammar Series》並參考了《馬氏文通》，從各方面來看是前進了一大步。這部書以「句本位」為中心並重視段落篇章和句群分析的專著，符合漢語句式的變化及語意句式的發展，體系是極為整齊、完備，所以可說《馬氏文通》是古代文言文法，而《新著國語文法》是白話文法，兩者都是漢語文法的奠基人。

我們確實探查《馬氏文通》和《新著國語文法》兩部專著，可以看到黎錦熙（1925）對句群分析的框架已經有完整的理解。另從該書《新著國語文法》的寫作目的來看主要是為了當時講授課程所用，誠如自序「1920 在國語講習所…自此以後在女高

師、北京師範、小學教員講習所各地暑期學校講授這門課…」所
以書籍內容還安排了「段落篇章和修辭法舉例」、「標點符號和
結論」兩章。至此之後的章士釗（1928）《中等國文典》、楊樹
達（1929）《高等國文法》也都是為了教學目的使用，正如《高
等國文法》序「滿清之季，西洋科學輸入，文法學亦漸為國人所
注意。自丹徒馬氏而下，著述多有，學校亦列為課程。…文法教
授之困難，凡有教學經驗者，殆莫不知之。竊謂研究中國古文法
學有必不可少之條件二。其一，必精通文字訓詁之學，而後別擇
判斷始能正確。其二，必通外國文法學，而後參伍比較，有所因
依。」

　　因此由上所述「文法」一詞應是當時時空背景下所通用的學
科、學術及教學用語，而其內容也應證了張伯江（2013）所謂早
期的「文法」涵蓋了詞法、章法的論述。

　　另一位學者的著作也能反映「文法」涵蓋詞法、章法的觀
點，呂叔湘（1947）《中國文法要略》內容分為「詞句論」，論
述詞句類別和結構、敘事句、表態句、句子和詞組的轉換等，另
有「表達論」，再分「範疇」（數量、指稱、正反、傳信、行
動）、「關係」（高下、先後、向背、假設、擒縱等）兩部又各
分細目，從語言邏輯上分析句子表現的內容。我們可以把上述十
九世紀末至二十世紀中的「文法」知識體系簡單的呈現如圖 1-
1。

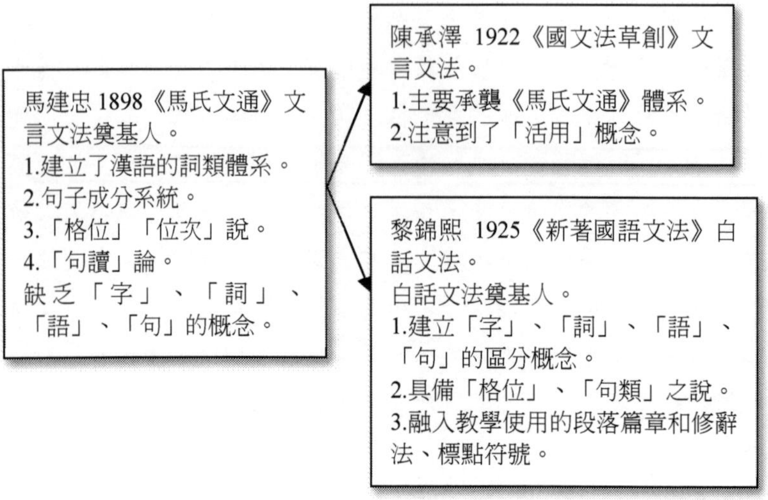

陳承澤 1922《國文法草創》文言文法。
1.主要承襲《馬氏文通》體系。
2.注意到了「活用」概念。

馬建忠 1898《馬氏文通》文言文法奠基人。
1.建立了漢語的詞類體系。
2.句子成分系統。
3.「格位」「位次」說。
4.「句讀」論。
缺乏「字」、「詞」、「語」、「句」的概念。

黎錦熙 1925《新著國語文法》白話文法。
白話文法奠基人。
1.建立「字」、「詞」、「語」、「句」的區分概念。
2.具備「格位」、「句類」之說。
3.融入教學使用的段落篇章和修辭法、標點符號。

**圖 1-1：《馬氏文通》文法體系**

　　綜觀而論，十九世紀末的文法體系大致如圖 1-1 其發展脈絡而各有優劣。如果以現今的學術現況來看《新著國語文法》，該書可算是具備漢語句式研究的初始樣貌。反觀之，若以當時的學術背景來說將 "Grammar" 對譯為「文法」，不僅可以體現服務於文學分析的工具性目的。此外如上所列的幾本專著主要以培養師資為對象，藉以文法體系達成教育與教學的目的，所以融入了修辭、標點、篇章等應用的主內容。然而，隨著學科細化、深化的發展關於段落篇章和修辭法、標點符號的應用與「文法」之間的關係又是如何遞嬗？我們得再檢視相關的論述。

# 1.4 語法/文法、章法之分——語言學基礎

　　根據《教育部國語辭典修訂本》的解釋，「章法」一詞有三個意思：印章上印文安排的方法、文章的組織布局、做事的步驟及規則。由此略知「章法」原意應與文藝學、藝術有所關連，之後引申至做事、文章的順序規則。上節提到黎錦熙（1925）《新著國語文法》以教學目的將篇章和修辭法、標點符號內容納入「文法」之中。事實上與此時同期的學者譚正璧（1901-1991）則將「文法」（內容包含詞的性質與句的成分、語態、詞性、句式等）、修辭學（組織、體制、豪放與婉約、平淡體與殊麗體、遣詞、詞格等）、文章作法（文體四大類、材料的來源、記敘的順序等）合併為專著稱為《文章法則》[9]。

　　譚正璧（1948）《文章法則》一書共分為文法、修辭學、文章作法三章，很清楚的了解書中也具備「詞」、「句」、「語」、「語態」[10]（直述、疑問、祈使、驚嘆句）及句式（單句、連句、複句）的劃分，對照黎錦熙（1925）《新著國語文法》的架構，《文章法則》的內容更接近討論文學作品法則的概念。該書第二、三章的主要內容討論修辭、體制、辭格、文體結構，所以譚正璧將該書命名為《文章法則》是有其依據，亦即以討論文章、作文結構及技巧之「章法」為主要內容及知識系統，同時輔以詞、句、詞性參照。同理可證黎錦熙（1925）將其專著

---

[9]　詳見國家圖書館電子書 https://taiwanebook.ncl.edu.tw/en/book/NTUELIB-9910004866/reader。

[10]　該書所指的語態比較像是句子的功能，和現代語言學所說的 Voice 表現動詞主動、中動和被動的定義不同。

稱為《新著國語文法》亦可見該書的主要論述內容，亦即以討論格位、句類、詞、句、詞性為主，而以篇章修辭、標點為輔。由此看來「文法」、「章法」在十九世紀末至二十世紀中就開始有了不同側重的概念。

　　截至目前的論述，從馬建忠 1898《馬氏文通》到黎錦熙1925《新著國語文法》再到譚正璧（1948）《文章法則》，大致可以勾勒出「文法」和「章法」本質上的差異。

　　首先是「文法」主要建立在語言結構的本身（口語、書面語）的框架，研究的內容涵蓋了「字」、「詞」、「語」、「句」的區分，以及詞類體系、格位、句類、語態。其研究方法受到當時西方語言學的影響，以描述和歸納、分析為主，目的在於凸顯語言本體的成分、屬性與類別，所以將 "Grammar" 翻譯為「語法」或「文法」更能體現學科的實際樣貌。相對來說，「章法」[11]主要研究的內容是各類文本、文體，其研究方法為「句讀」論、段落篇章和修辭法、標點符號及文章作法，目的在於因應教學及師培所需注重作文的技巧表達。

　　其次從知識體系來看 "Grammar" 初始是為了服務文學作品分析，因此對應到漢語語言學的詞類體系、句子成分、句讀、修辭、組織句式、轉捩、承接等，稱為「文法」足夠體現其功能以及歷史背景。但是隨著研究本質（語言或文本）的擴展及學科細化「語法」更側重語言本體結構分析，而應將針對文本及文學作品內容分析的「修辭」、「章法」各自獨立為一個學科。事實上

---

[11] 根據中華民國章法學會的定義：所謂的「章法」，探討的是篇章內容的邏輯結構，也就是聯句成節（句群）、聯節成段、聯段成篇的關於內容材料之一種組織。

與此時期（二十世紀初）相同的其它專著如：唐鉞（1929）《修辭學》、陳望道（1932）《修辭學發凡》、楊樹達（1933）《中國修辭學》、郭步陶（1934）《實用修辭學》都已經把修辭學獨立為一門學科，其內容專門討論各類「辭格」（擬人格、呼告格、俳句格、雙關等）、修辭方法（比較法、化成法、表出法等）、文體或辭體（簡約繁豐、剛健柔婉、平淡絢爛等）、文章分類（描寫文、敘述文、說釋文等）。

McHendry 等（2020：67）指出西方的 "Rhetoric" 源自於公元前四世紀古希臘亞里士多德（Aristotle）的著作 *Rhētorikḗ*，該書被喻為 "The most important single work on persuasion ever written." 是古希臘關於說服（Persuasion）藝術的論文共有三冊，其中第三冊談到了 Style（lexis）詞彙風格、Metaphor（隱喻）、Simile（eikon）明喻、Hyperbole（誇飾）等等。由此可見，在此時期（二十世紀初）已經具備將「文法」、「修辭」與「章法」學科細化的概念，及至後期一些專著也使用了「語法」一詞，像是王力（1943）《中國現代語法》、高明凱（1948）《漢語語法論》、丁聲樹（1961）《現代漢語語法講話》、朱德熙（1982）《語法講義》等。這些專著將焦點放在語言本體的造句法（使成式、處置式、被動式等）、詞和詞聯結的構成、句子結構（主謂結構、偏正結構、連謂結構、兼語式等）、歧義現象等，據此更能見出「語法」一詞的適切性，進而避免望文生義並將焦點放在語言本體結構分析，因此確切稱為「語法」才能體現其論述的本質。我們試圖將漢語語言學「語法/文法」、「修辭」、「章法」的知識體系整理如圖 1-2 所示：

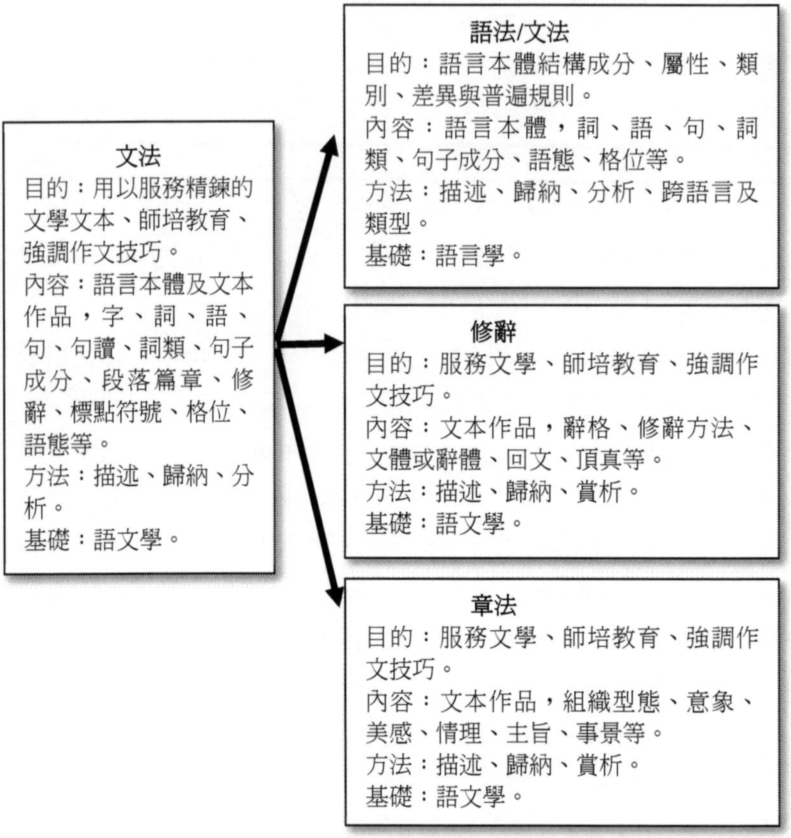

**語法/文法**
目的：語言本體結構成分、屬性、類別、差異與普遍規則。
內容：語言本體，詞、語、句、詞類、句子成分、語態、格位等。
方法：描述、歸納、分析、跨語言及類型。
基礎：語言學。

**文法**
目的：用以服務精鍊的文學文本、師培教育、強調作文技巧。
內容：語言本體及文本作品，字、詞、語、句、句讀、詞類、句子成分、段落篇章、修辭、標點符號、格位、語態等。
方法：描述、歸納、分析。
基礎：語文學。

**修辭**
目的：服務文學、師培教育、強調作文技巧。
內容：文本作品，辭格、修辭方法、文體或辭體、回文、頂真等。
方法：描述、歸納、賞析。
基礎：語文學。

**章法**
目的：服務文學、師培教育、強調作文技巧。
內容：文本作品，組織型態、意象、美感、情理、主旨、事景等。
方法：描述、歸納、賞析。
基礎：語文學。

**圖 1-2：漢語語言學「文法」知識體系細化**

圖 1-2 可示漢語語言學的「文法」是一個上位概念亦同於 "Grammar"，其目的就是服務文學、師培教育，所涉及的內容相當廣泛主要立基在「語文學」的基礎上，以分析精鍊的作品、文章為主，其知識體系架構涵蓋了詞法、章法。但是隨著學科細化、研究目的、內容的變異及外來影響，「文法」包含「修

辭」、「章法」的內容已經不夠清晰,而且「修辭」亦出現的很早所以應當朝向學科細化獨立成為單一學科。

綜合來說,如王力(1962、2013:176)所述漢語語言學全面性的影響來自於西洋,自索緒爾(1857 年－1913 年)強調歷時、共時分析的重要性,傳統將內容焦點放在研究語言的歷史和文學傳統已經產生轉移。與此同時馬建忠(1845 年－1900年)、黎錦熙(1890 年－1978 年)、楊樹達(1885 年－1956年)、趙元任(1892 年－1982 年)、王力(1900 年－1986年)、呂叔湘(1904 年－1998 年)、高名凱(1911 年－1965年)、朱德熙(1920 年－1992 年)等。諸位受過西洋語言學訓練及受影響的語言學家,開始注意到語言的(Linguistic)問題,所以在十九世紀中葉(1847)就出現學科細化成為「語言學」(Linguistics),並將語言學定義為 "The Science of Languages.";"Pertaining to the study of language." [12],所以我們認為將立基於「語言學」基礎上,針對內容本質是語言本體(口語、書面)的結構、屬性、類型差異、語序變化研究,其目的在於找尋普遍語言特徵的學科應可稱為「語法」。當然,這些差異體現如圖 1-2 所示的內容、目的和偏重方法的不同,並非是互相對立或是截然劃分,尤其是現代強調「跨領域」(Interdisciplinary)、「跨學科」(Transdisciplinarity)的整合與互動,也就是因為這個原因二十世紀開始,語法研究如火如荼開展了不同交叉學科的流派:結構主義語法(Saussure、

---

[12]　參見 Harper, Douglas "Linguistic"、"Linguistics" 兩個詞條 Online Etymology Dictionary. Retrieved 24 August 2021.

Bloomfield ） 、 轉 換 生 成 語 法 （ Chomsky ） 、 功 能 語 法
（Halliday）和認知語法（Lakoff、Langacker）。

　　此外，還有一個問題是：為什麼王力（1962、2013）等學者
認為十九世紀漢語語言學受西洋語言學的影響是全面性的？而後
才能初步建立漢語語句結構體系？龔千炎（1997：26）對這個問
題提出了自己的推論。他認為漢語語法學發展緩慢的原因有兩
個：一個是漢語語言本身的內因，因為缺乏形態變化注重意念的
表達，只要通過誦讀去捉摸句、段的意思；另一個是社會因素的
外因，古代推重經典古籍，並且以此作為取士的標準，因而一切
為了闡發教義、通讀經書服務。

　　總結本節回答了 1960 年代「語法」、「文法」論戰和
"Grammar" 中文譯名的問題。我們認為從知識體系和學術背景
來看，「語法」更貼近於當代語言學研究的核心，經由整理後可
得以下知識體系的啟示：

1. 早期所謂的「文法」即是詞法和章法的結合，「文法」立
   基於語文學的基礎為文學、文本分析服務，並以教學、師
   培為目的，其研究方法主要是賞析、描述、知曉大意等。
   正如本節一開始引述 1960 年代的「語法」、「文法」之
   爭，初始「文法」是正名之後「語法」、「文法」並用，
   最後「語法」為正名「文法」逐漸沒落，這些都是因為知
   識體系細化的結果。

2. 隨著知識體系的細化「文法」一詞已不夠清晰，「文法」
   之外應該將「章法」、「修辭」各為獨立學科，兩者都是
   立基於語文學基礎之上，詳如圖 1-2 所示。

3. 細化後的知識體系「文法」雖以語言本體為研究內容，其

目的在於找尋語言差異與普遍規則，並立基於語言學的基礎。但是為了避免望文生義，所以應該精確的稱為「語法」更有其適切性。

綜合上面的啟示，本書主要聚焦討論語言本體的變化，並以語言學為理論框架，因此一律用「語法」當作專業術語。

# 1.5 研究主題

## 1.5.1 理論篇——語法化、詞彙化理論框架與文獻計量方法

如前節所述，本書主要是立基於語言學視角討論、分析語言變化的事實。本書的立場認為當代的語法研究，不僅要能銜接語言學的範疇，也應該引入新式概念、理論及分析方式，對於知識體系的建構也應當區分學科領域的差異，並從中找尋互補、互惠的研究基礎。

其次以學理與應用來說，後續第二章將進入質化回顧詞彙化與語法化的理論框架。語言學研究有兩個軸心-歷時與共時角度，所以當後文在進行文獻分析時，內文儘可能的兼顧這兩個角度。第二章將對詞彙化、語法化的定義、動因、機制、條件、假設、原則進行全面的討論，並引用中文、英文語料作為說明。同時，第二章也將詳細的分析詞彙化、語法化的共性與殊性，試圖對當代的語言研究建立普遍性、類型學的輪廓。除了有質化文獻回顧作為背景，第三章也將以文獻計量方式，藉由歷時、共時語言學的概念，從中強調「二軸」對語言研究的重要性。該章藉由

Histcite 文獻計量方法分析和 VOSviewer 視覺化，探索詞彙化、語法化研究的重要期刊、作者、編年引文、關鍵字共現等。我們認為這樣的好處是有別於以往單純質化的文獻回顧，透過數據計量可了解研究主題的過去、現況及未來趨勢發展，同時可幫助研究者以科學性的方式掌握研究主題、文獻，協助文獻溯源、建立文獻篩選的機制。

## 1.5.2 分析篇——語音象徵詞詞彙化轉類、新興副詞語法化

第一章主要是釐清「語法」的定義與概念；第二、三章屬於質化、量化的理論分析與探討。本書的第四、五章將進入應用分析，藉由各類共時、歷時語料庫檢索，並以詞彙化理論討論臺灣華語的語音象徵詞（擬聲、諧音、英譯詞等），在語句中詞彙化轉類的現象。我們認為這些語音象徵詞不應被認定是虛詞，因為詞彙結構的本身已具備高度緊密的特性，符合複合詞的詞彙完整準則。這些語音象徵詞入句後在句中呈現不同的轉類樣態，同時承擔不同的語法功能。該章最後也揭示了「動態語法」（Emergent Grammar）的核心精神：先有用法而有語法，語法是在用法中歸結而來的，藉此希望能發掘更多動態語言研究的事實。第五章是新興副詞「巨」、「賊」的語法化歷程，這兩個副詞和典型的「很」、「十分」、「非常」等相較之下顯得非典型，也就是反映了動態語言的更新、競爭、取代、合併與擇一。文中認為「巨」是語言結構本身產生的語法化，而「賊」是方言語言接觸後引入的變化。「巨」是由表示空間、物品的寬闊、廣大，經由主觀化認為超過某一定範圍，透過隱喻、推理機制延伸

到表示性質的程度。而「賊」原本是指作毀壞、破壞動作的人，再推理到動作的本身進而用以形容貶意的動作、行為、狀態，但是在當代語料中「賊」因為詞彙共現的原因，淡化了貶意意涵而出現了「賊可愛」、「賊好」、「賊漂亮」等的用法。

　　整體來說，本書兼顧理論與分析並引入新式的文獻計量方法與視覺化探索，藉由各種語料庫呈現歷時、共時詞彙化、語法化的新視野研究。

# 1.6 語料來源及體例說明

　　本書的當代語料來源為 BCC 北京語言大學語料庫[13]。BCC 漢語語料庫總字數約 95 億字，包括：報刊（20 億）、文學（30 億）、綜合（19 億）、古漢語（20 億）和對話（6 億，來自微博和影視字幕）等多領域語料，是可以全面反映當今社會語言生活的大規模語料庫。另外也使用了臺灣大學語言所的 LOPES Project 語料庫中的 PTT Corpus 八卦版，PTT 語料庫每天有超過一萬篇文章，能夠提供搜尋關鍵詞、斷詞比較、語境共現（Concordance）…等功能[14]，同時也參酌了 Google 搜尋語料。除此之外，書中的歷時語料來自「中央研究院漢籍電子文獻資料庫」[15]、「中國哲學書電子化計劃」以及相關的古漢語字典等，藉以更全面的了解共時、歷史語言現狀。本書中的文字體例如下：

---

[13]　http://bcc.blcu.edu.cn/。

[14]　http://140.112.147.132:9898/。

[15]　http://hanchi.ihp.sinica.edu.tw/ihp/hanji.htm。

1. 中文引述原文用標楷體標示；以英文引述原文用*斜體*標示。

2. 語言學的英語專門術語以圓括號（ ）標示，並採中文翻譯。

3. 為了如實所現，必要時將提供書影參照。

4. 本書中如遇特殊語音音標，一律使用國際音標（IPA）所示。

5. 本書將在論述語料的關鍵詞加上**標楷體底線粗體**。

其餘未盡事宜將在各章節以隨文註釋標示。

# 第二章　詞彙化與語法化的理論框架

　　本章採以質化的方式探索詞彙化、語法化研究之過去、現況發展，並討論兩項理論的研究基礎包含其定義、概念、機制、條件、原則和假設等，同時輔以英語、漢語的例子為參照，試圖勾勒詞彙化、語法化研究的框架。最後，本章將綜合討論兩項理論的共性、殊性，更加清晰的找出語言普遍性的型態。

## 2.1 詞彙化理論脈絡

### 2.1.1 詞彙化的定義與概念

　　本節將從歷時（Diachronic）和共時（Synchronic）這兩個方向討論詞彙化、語法化的定義，並總結兩者的概念及形成條件，以利後續進行共性、殊性的比較討論。

　　Packard（2000：216）認為詞彙化（Lexicalization）是一個重要的概念，其作用不僅是因為詞彙化是產生新詞的來源，廣義的說也是研究詞和詞之間的內部關係以及語法結構的重要依據，所以他將詞彙化歷來的定義引述如下：

　　Sadock（1988）指出詞彙化是在深層結構中把較為抽象的屬性，轉換到表層結構中體現較為具體的過程，換句話說詞彙化是指詞彙形式變得具有成語意義（Idiomatic Meaning）而非字面組

合（Non-compositional）。Harris & Campbell（1995）則是說明詞彙內部的部件（語素），經由重新分析後（Reanalysis）被「吸收」（Recruited）成為「凝結」（Cohesion）的詞，進而形成具有語法層級性的功能或是詞類的語法功能[1]。那麼 Packard（2000：217）本人又是如何定義詞彙化？他引用了（Hopper & Traugott 1993：223）的論述認為：詞彙化就是語言成份發展成為一個詞彙[2]，例如 "-re" 被詞彙化為詞的一部分 "We're"。

由上面的簡述來看 Packard（2000：216）所舉的例子 "We're" 其實是經由減縮（Clipping）"We are" 而來的，所以他對於詞彙化的定義主要指的是一種構詞方式（Word Formation），像是複合、混合、減縮等。但事實上這個定義並不夠全面，主要的原因在於無法說明詞彙化產生的過程，像是單詞如何重新分析？什麼原因造成「吸收」而形成「凝結」整個詞？正如 Hacken & Thomas（2013：1-28）指出一個重要的概念：構詞法（Word formation）是一個基於規則所產生新詞的過程，通常構詞法的研究是從純粹的形式觀點論之，而如果是已經確定成詞的了，那麼我們應該了解它們是如何詞彙化。因此，我們得再深入看其它學者的討論。

Brinton & Traugott（2005：18）從共時和歷時兩個視角來討

---

[1] Harris & Campbell（1995）a form of reanalysis in which the component that has been ‘*recruited*’ to become part of a word undergoes a change in *cohesion*, with the resulting formed word undergoing shifts in its constituency, hierarchical structure, category labeling and grammatical relations.

[2] Lexicalization refer to cases in which material develops into or is recruited to form lexical items. *-re* being lexicalized as part of the word *we’re*.

論詞彙化，以共時層面來說詞彙化是指一個概念範疇編碼（Coding），而 Levin & Hovav（2019：394-425）對詞彙化的定義與 Brinton & Traugott（2005：18）相同，他們也使用了（Encoding of conceptual components in a lexical unit）表示詞法中的概念編碼。同時如果從歷時層面來看詞彙化，可以是「吸收成為一個詞彙」或是「語法功能的能產性降低」的過程。

由上述的定義對比 Packard（2000）的定義，其相同點是共時概念的範疇編碼，而 Brinton & Traugott（2005：18）則是多了歷時觀點，闡明了詞彙化是語法功能的性能降低而吸收、凝固成為一個詞。他們的定義兼具了共時和歷時二軸視角。下面我們將就共時和歷時二軸來討論詞彙化的定義。

1. 共時觀點：詞彙化是指概念的表現和語法之間產生的關連，進而形成一個格式化（Formalized）。Brinton & Traugott（2005）引用了 Talmy（2000）的論述，並從語言類型來看不同語言的詞彙化。第一種語言類型，動詞本身的概念除了帶有移動的特性以外，同時也帶有方式而成詞（Lexicalized），例如：英文"The bottle floated into the cave."動詞"Floated"本身就蘊涵了運動的方式（漂），而動詞"Floated"具有移動的義涵，路徑（Into the Cave）則是與動詞的概念分開。漢語也有同樣的傾向如下兩例：

(1) 他飛（動作/方式）過（路徑/結果）了（時間）臺灣海峽。

(2) 他坐飛機（動作/方式）穿過（路徑/結果）了臺灣海峽。

動詞「飛」蘊涵了運動的方式及移動，但不包含路徑。而

「過」不僅代表路徑也代表結果（動作完成的經驗）。這種語言類型稱為「衛星框架」（Satellite-framed），「衛星框架」的語言使用者所要凸顯的是動作的動態歷程（Dynamic Activities），所以從上面的語料可知「衛星框架」的語言類型，其動詞語意涵蓋了運動的方式及移動而不包含路徑。

　　第二種語言類型，動詞本身除了具有移動的特性以外同時也帶有路徑（Path），例如：西班牙文 "La botella *entro* flotando en la cueva."（"The bottle entered floating to the cave."），也就是說西班牙語動詞 "*entro*" 的概念帶有移動、路徑，而 "flotando"（漂浮的）是一種方式（Manner）並不跟動詞合併（Incorporate）成詞，這種稱為「動詞框架」（Verb-framed），「動詞框架」是說話者凸顯靜態的描述（Static Descriptions）。

　　這兩種共時詞彙化類型的差異，主要來自於說話者的敘述選擇，亦即呼應了「概念範疇編碼」（The coding of conceptual categories）顯示出從語言認知角度討論詞彙化形成的定義。按照上述的觀點，漢語屬於「衛星框架」這一類，其動詞的本身除了有移動以外還帶有方式，例如：「跑到學校」動詞「跑」本身就帶有位移其方式是速度較快的移動（不是走、跳等）。另外還有漢語的動結式像是「殺死」，其動作的本身就隱涵了結果（殺而死）。同樣的英文的動詞 "Kill" 也是帶有動作及結果表示 "To cause someone to die" 例如："Food must be heated to a high temperature to kill harmful bacteria." 按照上面的定義這些用例都算是一種詞彙化。

　　Levin ＆ Hovav（2019：394-425）則是使用了 "Lexicalization Patterns" 來呼應 Talmy（2000）的論述：

*"Lexicalization pattern" refers to regularities in the way such components are encoded in lexical items and hence distributed acrossthe constituents of the clause in particular languages.*

　　「詞彙化模式」是指詞彙項中這些組件經過編碼，並因此分佈在特定語言之中進而成為句子的組成部分。總之，上述兩種詞彙化類型用於描述定向運動和狀態事件變化結構存在顯著的跨語言模式。

　　2. 歷時觀點[3]：董秀芳（2002a，b）的文章引用了 Givón「今天的詞法曾是昨天的句法」，他認為由句法到詞法的轉化稱為「詞彙化」。文中以「者」的詞彙化為例，古漢語中有一個名詞化（Nominalization）標記「者」，「VP 者」一般指 VP 的施事像是「作者」，古代漢語中「作」為一個多義動詞，因而「作者」成為一個名詞化結構，也可以表達不同的意思。我們從下面的各例可以看到「作者」從原本泛指為從事各行各業的人，演變為至現代漢語中「作者」的意思專門化了，「作者」專指文章或藝術作品的創作者，如下例(3)、(4)「作者」表示「發起人」，而例(5)、(6)中「作者」指的是「勞動的人」。

　　(3)　**作者**之謂聖，述者之謂明。（《禮記‧樂記》）

　　(4)　故曰**作者**憂，因者平。（《呂氏春秋‧君守》）

　　(5)　工人數變業則失其功，**作者**數搖徙則亡其功。
　　　　（《韓非子‧解老》）

---

[3]　此部分 Brinton & Traugott（2005）所列舉的皆為古英語，在此我們以古漢語來為說明。

(6) 穿汾、河渠以為溉田，**作者**數萬人。（《史記》）

　　由此來看此時期的「作者」尚未形成「概念範疇編碼」，不特定指涉某工作類型的人，直至專門化後「作者」指的是「文章或藝術作品的創作者」如下例：

(7) 聖人作其經，賢者造其傳，述**作者**之意，采聖人之志，故經須傳也。（《論衡‧書解》）

(8) 還治諷采所著，觀省英瑋，實賦頌之宗，**作者**之師也。（三國魏吳質‧《答東阿王書》）

　　另外像是現代漢語的「學者」表示學問淵博而有所成就的人，然而在尚未凝固為「概念範疇編碼」的階段之前，「學者」是表示「學習的人」「者」是名詞化（Nominalization）標記。如下例：

(9) 大匠誨人，必以規矩，**學者**亦必以規矩。（《孟子‧告子上》）

(10) **學者**有四失，**教者**必知之。（《禮記‧學記》）

　　其後當「者」的名詞化功能衰落之後，「學者」的意思發生了專指化只指「在學業上有一定成就的人」而非指學習的人。董秀芳（2002a）所謂的專指化，意思同於 Brinton & Traugott（2005：20）語言詞彙吸收某個詞並以構詞形式保留在詞彙當中，使詞庫層面變得「約定俗成化」（Conventionalized）。

　　從董秀芳（2002b）的論述來看，詞彙化反映出共時「概念範疇編碼」、「吸收成為一個詞彙」；歷時「語法功能的能產性質降低」的形成觀點。因此，我們認為應該從共時、歷時角度定義詞彙化。簡述可知，詞彙化至少能從兩個觀點切入：其一從認知語言學（主要偏共時角度）而論，「概念範疇編碼」

（Coding）形成一個格式（Formalized）可稱為詞彙化；其二在語法結構上的改變，某一成份的語法功能、語意弱化後，而被其它成分吸收、採納為一個詞彙單位，也能稱為詞彙化（主要偏歷時角度）。最後 Brinton & Traugott（2005：96）為詞彙化下了最終的定義：

> 詞彙化是在語言環境中的改變，說話者所使用的句法結構或是構詞方式形成一個新的形式內容，而其形式或是語意是無法衍生或是推知的。隨著時間的推移逐漸喪失內部的成份功能而成為詞彙。

> *Lexicalization is the change whereby in certain linguistic contexts speakers use a syntactic construction or word formation as a new contentful form with formal and semantic properties that are not completely derivable or predictable from the constituents of the construction or the word formation pattern. Over time there may be further loss of internal constituency and the item may become more lexical.*

這個定義實際上概括了 Sadock（1991）、Harris & Campbell（1995）、Packard（2000）和董秀芳（2002b）、Levin & Hovav（2019：394-425）的說法，並且兼具歷時、共時及語言類型學（Linguistic Typology）的歸納，該定義能更全面了解詞彙化的意涵。

上述對詞彙化有了共時、歷時二軸的定義後，Brinton &

Traugott（2005：96）列出了九項詞彙化的概念義涵（The implications of conceptualizing lexicalization）為了方便理解，在此也引述、查找了漢語的例子補充如後。

1. 詞彙化被理解為產生新詞、新內容的方式，這不僅僅只是將成分（Elements）吸納（Adoption）的過程，也是一種合併（Incorporation）手段。因此，如果沒有形式或語意的借用變化，就應該被排除在詞彙化之外。構詞法（Word Formation Processes）同樣可視為詞彙化，像是漢語的花名 "Forget-me-not"「勿忘我」，其字面意義已經看不出來花的名詞，而是已經帶有不可推知的義涵必須學習非字面意義。

2. 詞彙化的產生來源可能是複合詞、語法結構、語法詞項（Grammatical Items），像是古英語 "furh"（furrow）+ "lang"（long）>"furlong"用以表示長度單位特別是用於賽馬，相當於 201 米或 1/8 英里。

3. 詞彙化的過程是一種動態的連續體（Lexical-grammatical Continuum），並且伴隨詞法、語意、語音的變化，像是漢語的「頭」在語法化後伴隨著輕聲、語意耗損變成了一個詞綴，並和其它實詞詞彙化，例如：石頭、木頭、塊頭。

4. 詞彙化產出後的詞彙必須經由說話者學習，亦即進入人們的長程記憶中。像是董秀芳（2011：50）所舉古漢語的「窗戶」是並列式名詞詞組表示「窗」和「戶」。其後演變成複合詞的「窗戶」，而且只留下「窗」的意義，因此學習者就得將「窗戶」記憶為複合詞；又如古漢語的「規

矩」原本也是並列式詞組，後來詞彙化為一個複合詞表示標準、規則。

5. 詞彙化產出的詞彙具有複雜性，即從一個詞組（L1）—複合詞（L2）—再到帶有固定形式的、化石化（Idiosyncratic, Fossilized Forms）（L3）義涵的形式。

6. 詞彙化具有漸變性，而非瞬時性（Non-instantaneous）所以會有特性交疊、不確定性、階段性的變化，並可能伴隨音韻變化或是詞根降類為衍生（Derivation）。

7. 詞彙化包含了融合（Fusion）即抹除了詞組或是詞法的界線（Erasure of Phrasal or Morphological Boundaries），像是慣用語 "Out-of-Hand" 字面意義是脫離某個情況，但是整體語意是表示失去控制如："His drinking had gotten out of hand." 表示情況失控而無法控制。

8. 詞彙化通常涉及語意和語用的固定形式化（Idiomaticization），也就是說詞彙將會失去個別的語意組合成份，如 "Black Market" 既不是指市場也不是指字面上的黑色；又如漢語的「小說」（非指小小的說）、「經理」、「牽手」（意指太太）、「溝通」（非指水溝、通道）。

9. 詞彙化不具有能產性，因此對於詞彙需要個別記憶，例如漢語的「-了」、「-著」、「-過」這些動貌標記可以經由類推而熟悉使用的方法，但像是「難過」可當作詞組（表難以通過）或是當作複合詞（表示傷心）則需要個別記憶。

綜合上述各家學者的說法，我們可以清楚的知道詞彙化的定

義是：個別詞組或是語素（Morpheme）經由凝固、吸收、融合成詞的過程，而詞彙化的概念是：具有漸變性、不具有能產性、是一種動態的連續體、具有固定形式化（Idiomaticization）等九項概念。

## 2.1.2 詞彙化的機制與條件

董秀芳（2002b：40-47）以漢語為例，直接解釋了詞彙化衍生的機制。首先他認為語言的改變並不是語言使用者有意識的行為，而是無意識的情況。因此，才能具有跨語言的演變共性；其次，漢語的雙音化衍生是由語法層面到詞彙層面的轉換，這是一種組塊（Chunking）的心理過程，例如：「凱旋」原意是「勝利歸來」當作一個詞組、短語，其後內部的語法功能被忽略，而詞彙化為複合詞。又如「犧牲」原始為並列式名詞詞組，「犧」、「牲」各自指涉為古代祭祀時的家畜，之後經由隱喻（Metaphor）引申為受到損害的人或事物，甚至經由「轉類」（Conversion）從名詞變成了動詞（如：有人願意為理想來犧牲自己的性命）。總之，他認為認知心理組塊的過程，使得原來分立的單位變得互相依賴促成了詞彙化的產生。

董秀芳（2002b）陳述的詞彙化機制，提供了兩點重要的啟示：首先語言演變是無意識的並具有共性；其次這種所謂的「共性」其實是來自於人類的認知心理，也就是對於語言「組塊」的需要，進而便於記憶或溝通。雖然漢語的語言類型不同於英語，但誠如董秀芳（2002b）所言語言演變有其跨語言的共性。因此，以下將引用 Brinton & Traugott（2005）的論述，說明相關的詞彙化產生機制。

　　Brinton & Traugott（2005：3）的著作中雖然未明確使用"Mechanism"[4]這個詞來闡述詞彙化的生成機制，但是他們從不同的語言學學派來說明，詞彙化從語法到詞彙（Lexicon）的產生途徑。如果以「生成」（Generative）學派來看，語言能力是一種獨立的模組化機制（Modular Mechanism），並不反映文化或社會系統等外部因素；反之「功能」學派（Functional）則是把語言當作一種認知能力（Cognitive Capacity）將語言視為說話者和聽話者之間為了達到溝通需求的方法。

　　對照董秀芳（2002b）和 Brinton & Traugott（2005）的論述，不論是「組塊」還是所謂的「模組化機制」"Modular Mechanism"，他們都將語言知識體系當作是人類的內在能力（Innate Capacity），並基於溝通事實的需求採用組塊的構造形式傳達語意表達。藉由漢語的發展來看，由於古漢語使用大量的單音詞，隨著各類單音詞的語意乘載過量，使得經由雙音、複合等的手段產生各別的詞彙類型[5]，以達語言溝通的精確性，所以可以概括得到詞彙化產生的機制是認知心理，主要是基於溝通需求所產生的方法。然而，進一步思考所謂的「組塊」、「模組化

---

[4]　我們特別注意到"Mechanism"這個詞，在一些理工領域被翻譯為機轉、機理、機制等。參見國教院雙語辭典 https://terms.naer.edu.tw/detail/2775852/。牛津字典定義為：A natural or established process by which something takes place or is brought about.某事發生或自然產生的既定過程。由此可知，"Mechanism"是要去解釋"How"如何的問題。

[5]　古漢語中有所謂的「四聲別義」，像是「食」、「飲」可表示主動或使動，到了現代漢語「飲食」複合成為一個主動動詞。又如：古漢語中「朋」、「友」分屬各別詞彙語意，而當代漢語則詞彙化為複合詞「朋友」。

機制」有沒有更具體的論述？如何探究從語法到詞彙的詞彙化生成？底下將繼續討論。

Brinton & Traugott（2005：32-44；98）提出十種構詞法（Word Formation）被認為是語法到詞彙（Lexicon）的生成手段，包含複合、衍生、轉類（Conversion）、減縮（Clipping）、省略（Ellipsis）、混合（Blending）、反向構詞（Back Formation）、首字詞（Acronym）、借譯詞（Loan Translation）、新詞（Coinage）及後設語言引用（Metalinguistics Citation），而這些構詞手段需要注意下列的生成路徑：

**Nonce formation > Institutionalization > Lexicalization**

詞彙內部從原先臨時組合式產生制式化，成為語言使用者約定俗成的共用、共知形式，最後才能認定為詞彙化。也就是說語素的邊界逐漸消失融合成為固定形式，並在語言社群中約定俗成，而才能達成詞彙化的結果。由此可知，語素邊界消失、約定俗成化是詞彙化過程中非常重要的關鍵。但是 Brinton & Traugott（2005：98）提醒並非所有經過構詞法產生的詞，都能被看待為詞彙化，像是附著形式（Bound forms）"pro-"、"-ism"可視為一種減縮而非詞彙化。那麼，什麼樣的形式有資格可以稱為詞彙化呢？他們列出了下列五點條件，我們補充相關語料參照如下：

1. 語法結構的融合伴隨著固定形式化（Idiomatization/ Institutionalization）。如："Bread-and-Butter"表示生活必需品、謀生；又如漢語的「恨不得」由原本的「恨+不得 VP」形成了「恨不得+VP」（王燦龍 2005）。可以見到語素的邊界融合而產生制式化、形式化的固定用法而不

能破壞結構。

2. 融合為複合詞（Fused Compounds）如漢語的「朋友」由古漢語個別的「有朋自遠方來」、「友直友諒友多聞」詞彙化為一個複合詞，亦即詞彙內部的組合性（Compositionality）降低而融合（Fusion）；又如英語 "Make Red"、"Make Brown" 衍生使用單一語素構詞形成 "Redden"。

3. 音系變化（Phonogenesis）例如：漢語的三聲變調：很好 33-23；（水彩）+筆 333-223 形成變調分詞的現象。

4. 產生新的語意內涵（Creation of Semantic）例如：「恨不得」原本是「恨+不得 VP」，詞彙化之後「恨不得+VP」表示說話者強烈的意圖，如「恨不得偕老」，按原本理解可以視為因為不得偕老而某人生恨，但是詞彙化後產生的意思是：希望偕老的強烈企盼（王燦龍 2005）。

5. 「音韻化」（Phonologization）例如 Drink/Drench，前者表示主動後者表示被動；漢語的相關用法如古漢語「飲」、「食」有主動和使動。

　　總體來說這五項條件，經由詞彙化生成的詞彙語意必須與原始意義不同，因為該新詞已經固化為特定形式，而並非原先詞彙內部單獨的字面意義。對於 Brinton & Traugott（2005：98）所提前的兩項詞彙化條件，可以用漢語的動賓結構輔以參照，例如：*照像張三、*畢業大學、*結婚李四，這些動賓式都不能再接賓語的原因是：這些動詞「照」、「畢」、「結」內的名詞賓語已經充當了「論元」，滿足了個別動詞的語法需求，也就是說「照像」、「畢業」、「結婚」這些動詞還沒有達到詞彙化的程度。

反之，下例的動賓式就已經符合「詞彙完整準則」（Lexical Integrity Principle）形成複合式動詞如：「動員學生」、「投資五萬元」、「負責安全」在這三個例子中，因為動詞的賓語屬性已經不明顯，所以必須外求賓語以滿足動詞的論元需要，所以產生詞彙化的現象進而形成複合式動詞。

　　綜合上述各家學者的說法，我們可以清楚的知道詞彙化的機制是：認知心理，亦即語言知識體系的「組塊」、「模組化機制」，並基於溝通事實的需求以達語言表達的確切性。這一個詞彙化的途徑將使語素邊界消失、融合（Fusion），產生固定形式化、制式化（Idiomatization/Institutionalization），並經由約定俗成廣泛使用在語言社群中。而判斷詞彙化的條件除了形式結構的變化之外，還包含了產生新的語意內涵、音系變化、音韻化等。

　　前述討論了詞彙化的共時、歷時定義、概念、機制與條件等，語言學家常拿詞彙化與「語法化」"Grammaticalization"相互對舉，下節將採用同樣的論述方式從定義、機制等面向討論語法化，之後進而比較兩類理論的共性與殊性。

## 2.2 語法化理論脈絡

### 2.2.1 語法化的定義與機制

　　Xing（2012：1-21）[6]指出在過去的三十年裡，語法化和詞

---

6　這部著作可以算是近期以英文寫作並介紹漢語語法化、詞彙化語言個案分析的參考書籍。

彙化的研究引起了西方學者對印歐語系和非洲語系研究的極大興趣，並且已經超過數十本專著和相關的期刊、論文。這些研究語法化的專著，大多是在單向的過程（Unidirectional Prcoess）的前提下研究語言的變化，特別是從一個詞項（Lexical Item）或結構發生變化並因此應用於語法功能。這些論著所提出的主要問題是相關的，但不僅限於討論語法化的目標、結果、起源、動機、機制、途徑。其中有許多研究集中討論形態句法（Morpho-syntactic Process）的變化過程以及語意演變。儘管如此，這些研究的共同點都是基於印歐語系或非洲語系。由此觀之，後文除了兼顧歷時、共時二軸外，也將引用不同的語料來討論、說明語法化的概念框架。

　　談到 "Grammaticalization" 一詞的來源，諸位學者[7]首推法國語言學家 A.Meillet（1866-1936）是語法化的先驅者，而漢語「語法化」一詞的英文寫法，目前所見至少有三種："Grammaticalization"、"Grammaticization"，另一種寫法是 Matisoff（1991：383）所用 "Grammatization"。他並沒有詳細說明為何要使用 "Grammatization" 只是單純的認為是較為簡明的寫法[8]。Matisoff（1991）和 Heine、Claudi & Hünnemeyer（1991：5）[9]以漢語的「實詞（Shi-ci）」、「虛詞（Xu-ci）」

---

[7]　Hopper & Traugottt（1993）、沈家煊（1994）、文旭（1998）。

[8]　原文如下：The term *grammaticalization*, despite its heptasyllabic cacophony（the more concise *grammaticization* or even *grammatization* would be preferable）

[9]　原文如下：It would seem that the notion of grammaticalization was first recognized outside the world of western scholarship. At the latest, since the

認為"Grammatization"可以對譯成漢語的「虛化（*Xu-hua*）」。如果從漢語語言學的學科背景而論，「實詞虛化」的概念早先於西方語言學界。沈家煊（1994）、楊成虎（2000）引述 Harbsmeier（1979）的話指出，元朝周伯琦的《六書正偽》就已經提及語法化的概念，亦即「實詞虛化」[10]。沈家煊（1994）認為語法化歷來屬於歷史語言學的範疇，主要研究語言的演變關係。

　　由於東、西方語言學的背景差異，處理語法化、實詞虛化的定義及特質等實屬不易，加上又得兼顧共時、歷時二軸視角，形成百家爭鳴的情況。Hopper & Traugott（1993、2003：2）認為語法化有雙重意義，既可解釋語言現象的架構，也可指涉語言現象的本身。除此之外，探討語法化理論還可以從兩個觀點論之：歷時觀點側重於語言結構在語法化過程中經歷的來源（Sources）和步驟（Steps）；相比之下，共時觀點將語法化視為一種語法、語篇語用（Discourse Pragmatic）現象，需要從語言使用模式的角度進行研究。我們完全同意 Hopper & Traugott（1993、2003：2）的論點，所以後文將以歷時和共時延伸來討論語法化、實詞虛化並試圖比較其差異。

　　1. 歷時觀點：Lehmann（1982、1995）從歷時的觀點來看語法化，他認為使詞位（Lexeme）進入到語法要素層次

---

tenth century, Chinese writers have been distinguishing between "full" and "empty" linguistic symbols, and Zhou Bo-qi argued that all empty symbols were formerly full Symbols.

[10] 周伯琦《六書正偽》「大抵古人制字，皆從事物上起。今之虛字，皆古之實字」。

（Grammatical Formatives）的過程就是語法化，但是不僅限於上述的狀況，還包括從略虛到更虛的狀態（From a less grammatical to a more grammatical status），而且語法化是漸變的（Gradual Change）（Lehmann1982、1995：11-12）。

Croft（1990、2003：230）也相當同意上述的觀點，他強調語法化是個"Process"（過程），是由實詞詞彙單位（Full Lexical Items）演變到語法語素（Grammatical Morphemes）的歷程，具有單向性（Unidirectional）及迴圈特徵（Cyclic）。語法化的改變都和音韻（Phonological）、形態句法（Morphosyntactic）以及語言功能（語意、語用）互為關聯。同時，他也指出語法化涉及各種語法語素的形成，包括從時式屈折（Tense Inflection）到格位標誌（Case Marker）再到補語化標誌（Complementizer）的歷程。

Hopper & Traugott（1993、2003：7）他們將語法化定義為：在一些特定的語境（Linguistics Context）中，詞彙單位（Lexical Items）和結構（Constructions）語法化為幾種語法功能（Grammatical Functions），而且之後還會繼續產生新的語法功能，同時語法化具備單向性的特質，他們以下面的序列說明如下：

**Content item > Grammatical word > Clitic > Inflectional affix**

從上面各家學者 Lehmann（1982、1995）、Croft（1990、2003）和 Hopper & Traugott（1993、2003）對於語法化的定義相當明確，主要指涉在單向性的原則下，從原先的詞彙層並帶有具體語意的實詞，逐漸進入到語法層並演變為虛詞或是更為虛化的語素。

　　如前所述，語法化的概念來自於漢語語言學的「實詞虛化」，事實上也有許多學者同樣支持上述的語法化定義。沈家煊（1994）揭示了語法化研究的兩項重要方向：歷時及共時兩個層面，亦即實詞如何虛化為語法成分和考察言談功能如何轉化為語法、構詞成份。這個概念就和 Hopper & Traugott（1993、2003：2）認為語法化有雙重意義一致。沈家煊（1994）對語法化的定義是：語言中意義實在的詞轉化為不具實在意義，進而表示語法功能的現象。傳統漢語語言學稱之為「實詞虛化」虛化具有層次性，實詞變為虛詞或是虛詞變為更虛，這些都是虛化。

　　沈家煊（1994）所提到的層次性，實則就是前述學者提到的漸變（Gradual Change）特點。這種漸變性其實反映的是，語言演變是一種各類現象、機制套疊的連續統（Continuum）過程。

　　張誼生（2000、2004）的文章也同樣站在漸變、連續統的立場談語法化。首先該文對漢語語言學的「虛化」及西方語言學的「語法化」加以區別[11]。文中認為「虛化」和「語法化」並不能完全對等，因為所謂的「虛化」指的是語言中意義實在的詞轉化為意義泛化、表示語法功能的過程，而「語法化」側重於語法範疇和語法成分的產生。其次文中以漢語的副詞為例，解釋了副詞語法化的三階段：1.實詞向副詞轉化；2.副詞由略虛向較虛變化；3.副詞向更虛的詞類轉變。由此看來，張誼生（2000、2004）對語法化的定義要比虛化更廣一些。

　　從沈家煊（1994）和張誼生（2000、2004）對語法化及實詞虛化的論述來看，實詞虛化只解釋了第一階段，而語法化能統攝

---

[11]　參見張誼生（2000）原文註 1。

的層面較廣，也就是包含了實詞虛化、虛詞虛化的過程。孫錫信（2003）也有同樣的想法，該文中也認為語法化涉及下列的三項範圍：1.實詞向虛詞的虛化；2.某類實詞向另一類實詞的虛化；3.某類虛詞向另一類虛詞的虛化，而且文中指出以「實詞虛化」來概括上述的三個範圍實在名不符實，不如用「語法化」更為妥當。除此之外，他還提出語法化具有這些特點：語法化是歷時變化的普遍現象；語法化表現在詞彙、語法意義的淡化（Bleaching）和虛化；語法化的結果是詞性改變；語法化是漸次的過程，有程度之分層次之別。

　　郭錫良（2003）延伸說明了傳統的虛詞研究和語法化的差異，他認為虛詞的研究和訓詁學有很大的相關性。虛詞研究大致有兩個來源：一是當作訓詁的內容而發展；另一是文學作品中探討修辭、章法因運而生。訓詁重於語意推衍、音韻假借，卻忽略了「實詞虛化」和句式結構的關係。回顧第一章圖 1-2 將「文法」體系細化為基於語言學的「語法」，以及基於語文學的「修辭」和「章法」，藉由郭錫良（2003）的論點更可以獲得支持。由此可知，語法化研究應當基於語言學的基礎上，了解本體語言結構成分、屬性和差異的普遍規則，有別於語文學基礎的組織架構、修辭、賞析等手法。

　　由上面各家學者的論述，歷時觀點的語法化定義有幾項重要的啟示：首先他們都認為語法化的過程涵蓋了實詞變虛詞、虛詞變更虛的範圍，因此「實詞虛化」不足以涵蓋語法化的概念，並且語法化是一種普遍的語言演變現象；其次語法化的過程中具有漸變性並非突然之間發生，同時牽動語法化的原因包含音韻、語言功能、形態語法、詞彙單位、語意耗損等，重要的是語法化具

備單向性，如上面箭頭所示的演進方向（Content item > Grammatical word > Clitic > Inflectional affix）。另外基於語言學的基礎，語法化研究側重於語言演變的產生，並著重於形式結構的推導、跨語言及類型差異，從而得出語法化的事實。除了歷史語言討論語法化外，底下亦將從共時語言學討論語法化。

2. 共時觀點：對於語法化的共時定義，如本節初始所述 Hopper & Traugott（1993、2003：2）認為共時觀點將語法化視為一種語法、語篇語用（Discourse Pragmatic）現象，需要從語言使用模式的角度進行研究。Heine 等（1991：10、263）指出語法化早期被認為是歷時語言學的一部分，重視語言演變及擬構語族的發展，對於十九世紀和二十世紀的語言學家來說，歷時角度是被認為解釋語言的唯一合理理由[12]，因為在當時的時空背景之下，語言研究著重於歷時發展主要是為了找尋原始語言的根源。其後 Heine 等（1991：10）進一步指出 1970 年代之後，語法化研究的主要優點是，人們察覺到語法化提供解釋、理解共時語法參數（Parameter）的潛力。由此可知，共時觀點將語法化視為描述語言運作及其普遍性的重要工具，並藉此解釋語法化發展的途徑。

Heine 等（1991：27）的專著 *Grammaticalization: A Conceptual Framework* 可以說是跨語言類型、共時語法化的最佳論著。該書以非洲語言為主，並輔以英語、法語、匈牙利語、漢語等多種語言，探討語法化的共時認知過程（Cognitive

---

[12] For many students of linguistics in the nineteenth century and the early twentieth, diachrony was considered to offer the only legitimate perspective for understanding language structure.

Processes），所以他們開宗明義的闡述了語法化的動因（Motivation）不僅是為言語的行為（Linguistic Behavior）提供了一個重要的參數，語法化的驅動也是由語言的外部因素所致尤其是認知（Cognition）。基於這個論點 Heine 等（1991：45）認為語法化在底層發展的過程中具有隱喻結構（Metaphorically structured），並將語法化視為 "A Metaphorical shift toward the abstract"（傾向抽象的隱喻轉移），亦即從詞彙意義發展到語法意義的過程中，有一個重要的機制（Mechanism）就是隱喻擴展（Metaphorical Extension），所以 Heine 等（1991：55）建構了一個鍊狀隱喻抽象性的基本範疇，由左到右透過隱喻的機制運作，概念意義越來越抽象：**PERSON > OBJECT > ACTIVITY > SPACE > TIME > QUALITY**。

　　由此可知，共時語法化的觀點注重語言溝通、語用推理的心理語言特質，這和 2.1.2 節談到詞彙化的動因來自於認知心理的組塊、模組化相同。Hopper & Traugott（1993、2003：32-56）也使用了 "Motivation" [13]（動因）和 "Mechanism"（機制）這兩個詞來解釋語法化的概念。他們指出所謂的 "Motivation"（動因）是造成語法化的驅動因素（Enabling Factors），而

---

[13] "Mechanism" 的定義在 2.1.2 已經解釋過，為了方便閱讀我們重引如下："Mechanism" 這個詞，在一些理工領域被翻譯為機轉、機理、機制等。參見國教院雙語辭典 https://terms.naer.edu.tw/detail/2775852/。牛津字典定義為：A natural or established process by which something takes place or is brought about. 某事發生或自然產生的既定過程。由此可知，"Mechanism" 是要去解釋 "How" 如何的問題。而 "Motivation" 劍橋字典定義為：The need or reason for doing something. 做某事的需要或理由。由此可知，"Motivation" 是要去解釋 "Why" 的問題。

"Mechanism"（機制）是一種解釋的方法，說明如下：

1. Motivations、Enabling factors：Pragmatic Inferencing（動因、驅動：語用推理）此項特點又稱為「主觀化」（Subjectivization）。他們認為語法化是因為語言使用者的主觀目的而引起的，因此著重於語用推理的兩項過程──隱喻（Metaphor）和轉喻（Metonymy）。隱喻是基於語言的相似性（Iconic）和類推兩項原則，隱喻是用一個相似的概念透過映射（Mapping）來表達另一個概念，而轉喻則是基於聯想（Association）和重新分析，轉喻是用一個相關的概念來指稱另一個概念。隱喻和轉喻這兩者都屬於認知心理的層面，因此動因包含語用推理以及認知心理（Hopper & Traugott 1993、2003：75-87）。

2. Mechanisms：Reanalysis and Analogy（機制：重新分析和類推）這兩項機制對語言的演變很重要。重新分析是指改變語言底層的表達形式，造成語意的（Semantic）、句法的（Syntactic）以及構詞的（Morphological）規律改變；而類推是指表層形式上不影響規律的變動，但是在語言系統之內有影響、擴散的特點。此外重新分析通常比類推來的重要，重新分析是"Syntagmatic"（組合）作用，而類推是"Paradigmatic"（聚合）作用。重新分析是由舊結構產生新結構是"Covert"（隱而不顯）的，類推則是表層形式"Overt"（顯而易見）的。

Hopper & Traugott（1993、2003）從共時觀點解釋了語法化形成的動因和機制。動因是基於語用推理，也就是說話者陳述立場的主觀化，並透過隱喻（Metaphor）和轉喻（Metonymy）凸顯這種主觀化；而機制則是在語用推理、主觀化之下，語句結構

的重新分析而所形成新的結構、新的形式，並可以不斷的歸納聚合為某種語法化類型。

　　對比 Heine 等（1991）和 Hopper & Traugott（1993、2003）的論述，兩方對於共時語法化的動因來自語用推理、認知心理有相同的共識，但是對於隱喻在其中的作用稍有不同，前者把隱喻當作是語法化語意抽象發展的一種機制；後者則是認為語用推理就涵蓋了隱喻，而機制應該體現在結構上的重新分析與類推。

　　Bybee、Perkins、Pagliuca（1994：23-24）雖然並沒有直接使用 "Motivation" 這個詞來說明語法化的動因，但是他們同樣認為因為語言使用者的心理和溝通過程促使語法的形成（The psychological and communicative processes that lead to the creation of grammar）。這個過程的目的不僅是研究語言演變的路徑，而且也能對變化做出預測。由此可知，Bybee 等（1994：24-26）對共時語法化的動因觀點和上述學者一致，但是他們認為 Heine 等（1991：55）把隱喻認定為語法化過程中，造成語意演變的主要機制，這樣的說法並不充足，因為隱喻只在語法化路徑中的詞彙端起作用，並不會讓語法語素朝向越來越抽象的演變。

　　Bybee 等（1994：24-26）的說法和本章 2.2.1 節，提到歷時語法化觀點「實詞虛化」概念相同，也就是說在語法化的初始階段（實詞虛化）隱喻機制作用其中，而到了虛詞虛化的中後階段，隱喻機制並不能完全涵蓋、解釋說明造成語法化的原因。所以 Bybee 等（1994：281-293）進一步把語法化的演變機制歸納為五點，並補充相關語料說明如下：

　　1. Metaphor（隱喻）：從某一概念域到另一個概念域的映射（Mapping），以具體概念理解抽象概念，如："Face"

通過隱喻而延伸成為"Front"像是"The face of the cliff"；又如："May I ask a question?"中"May"表示許可義、允許義，但是"He may be a spy."的"May"則顯示了說話者的主觀情態表示可能性以及推測。由此可見"May"則從許可義語法化為推測義。

2. Inference（推理）：所謂的推理是基於語用需要而來，亦即聽話人只能從僅有的語境去推敲說話人要傳達的隱涵（Conversional Implication），一但這個隱涵義固定下來成為固有的意義時，這個後起義則有可能取代原有的意思。如：英語的"Be going to"可以從意向義得到預測義，像是"When he gets a pay raise, Jack's gonna start looking for a house."說話及聽話者可以從句子預測到主語Jack的意圖。

3. Generalization（泛化）：詞彙中某個實詞義的適用範圍擴大，泛化跟隱喻、推理都有相關聯。泛化可能是推理、隱喻的結果也可能是隱喻和推理的一部分。推理和泛化都一樣需要語境作用，但是推理是因為語境的關係而有新義，當新義固化之後取代舊形式；泛化則是實詞義的某部分語意擴大。如：英語的"Be going to"可以用於表示空間性的位移，亦可用於表示未來式的時間，像是"We're going to Windsor to meet the King."強調空間上我們正去見國王，同時也陳述正在進行的時間性。

4. Harmony（和諧）：詞的某一方語法化，另一方詞彙的語意也產生裁減（Redundancy）而語法化。

5. Absorption of Context（語境吸收）：這裡所說的語境是指

上下文中，詞彙的使用範圍縮小並在特定的語境中發生語意變化。推理同樣需要語境作用，但是推理著重於說話者和聽話者的情境（Situation）。

Bybee 等（1994：297）認為這五點機制，發生在語法化過程中的不同階段如圖 2-1 所示：

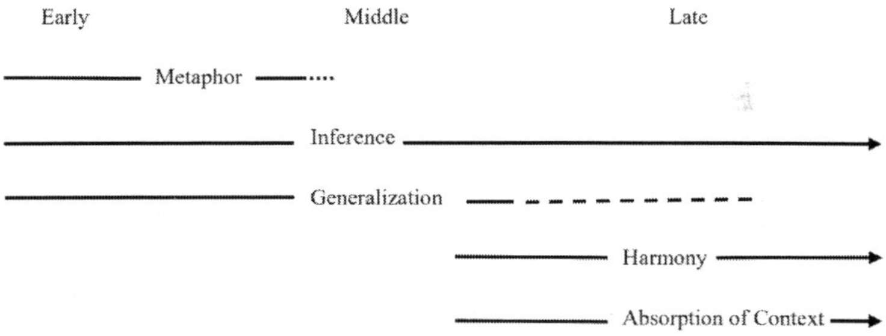

圖 2-1：語法化過程中不同機制的階段。Bybee 等（1994：297）

圖 2-1 可見「隱喻」只在語法化的初始階段產生作用，而「推理」則是貫穿了整個語法化的過程，「泛化」處於前段、中段的三分之二。Bybee 等（1994：297）強調語法化所產生的改變都是由語境而導致，然而語境「泛化」只影響了語法化的前半部，但是隨著語意不斷的耗損，語法化對於語境的依賴度就越來越高，因此「推理」在語法化的每個階段中，都扮演著重新塑造語法意義的功能。這個觀點和 Heine 等（1991）指出，影響語法化的外部因素是語言認知，以及 Hopper & Traugott（1993、2003：2）將共時語法化視為語篇語用（Discourse Pragmatic）的現象相符合。

綜合 Heine 等（1991）、Hopper & Traugott（1993、2003）

和 Bybee 等（1994），諸位學者都認為共時語法化，無法脫離語
用推理和認知心理，共時語法化是立論於說話者和聽話者之間的
互動關係，並且注重語法化的機制。我們可以把上述學者的論述
整理為下表 2-1：

**表 2-1：Heine 等（1991）、Hopper & Traugott（1993）、**
**Bybee 等（1994）的共時語法化觀點**

| | Heine、Claudi & Hünnemeyer（1991） | Hopper & Traugott（1993、2003） | Bybee、Perkins、Pagliuc（1994） |
|---|---|---|---|
| 動因 | 由語言的外部因素所致，尤其是認知。 | 語言使用者的目的，動因包含語用推理以及隱喻、轉喻認知心理。 | 心理和溝通過程中促使語法化的形成。 |
| 機制 | 1.隱喻（Metaphor） | 1.類推（Analogy）<br>2.重新分析（Reanalysis） | 1.隱喻（Metaphor）<br>2.推理（Inference）<br>3.泛化（Generalization）<br>4.和諧（Harmony）<br>5.語境吸收（Absorption Context） |

　　三方學者的共同特點是：都是以共時觀點看待語法化，並將
動因和機制區隔。其共識的觀點都是認為，因為語用推理、認知
心理的關係，而進一步驅動語法化的動因。但是對於語法化產生
的機制，三方學者卻有較大的差異：Heine 等（1991）認為隱喻
是主要機制；而 Bybee 等（1994）則認為隱喻只能語法化初始階
段的機制，並不能完全涵蓋整個語法化的過程，所以將隱喻、推
理、泛化列為機制；而 Hopper & Traugott（1993、2003）則將隱
喻、轉喻歸於動因，而結構上的重新分析、類推才是語法化真正

的機制。

綜合以上的論述，我們認為共時語法化的動因，確實與認知心理、語用推理有關。這項論點和前述詞彙化的動因相同，但是語法化的產生機制應該是多樣、多元的，正如 Bybee 等（1994）圖 2-1 所示，不同階段可能有不同的機制運作，可以是隱喻、泛化、推理，也可能是結構上的重新分析、類推所致，必須透過實際所掌握的語言分析，才能找到適用的機制來解釋語言變化的事實。

## 2.2.2 語法化的原則與假設

上節我們釐清了語法化的動因和機制的問題，後續將說明語法化是建構在什麼框架之下，還有哪些語言變化的原則和假設。

Heine 等（1991：1-26）雖然沒有直接列舉語法化具備哪些原則和條件，但是文中指出語法化具備單向性的（Unidirectional），即從較少語法的（Less Grammatical）到較高語法的（More Grammatical）變化而不是逆向。而且語法化是一種「衰退」"Decline" 或「腐蝕」"Decay" 朝向「固定形式化」"Idiomatization"、「鈣化」"Ossification" 及「形態退化」"Morphological degeneration" 的發展。他們也引述了過去的相關論述，說明語法化過程中的一些觀察 *"Grammaticalization is an evolutional continuum. Any attempt at segmenting it into discrete units must remain arbitrary to some extent."*（Heine & Reh 1984：15）。

從 Heine 等（1984）短短的幾句話中，揭示了語法化過程中的重要屬性：語法化是在單向性原則下具備連續統的演化，並從

較少語法性到較高語法性。這是一種詞彙衰退、腐蝕的過程，最終形成固定形式化或是鈣化。相較於 Heine 等（1984）、（1991）以綜論的方式討論語法化的屬性，其後 Hopper（1991：17-35）以 *On Some Principles of Grammaticization* 專門討論了語法化的原則（Principles），這些原則同樣也建立在語法化的單向性學說（Unidirecatioality）之下，並可分述為五項原則說明如下[14]：

1. Layering（層次）：在同一語法功能的範圍[15]之內，出現新的層次時舊的層次不一定被擯除，也許保留共存並和新的層次相互影響。也就是說在共時平面中表示同一語法功能的形式，它們是屬於不同歷史層次的結果[16]。例如："Mrs."、"Miss"最初是來自於名詞的"Mistress"，現在"Mrs."只能當作稱謂，而"Miss"除了當作稱謂之外亦可當作名詞，由此反應出三個不同的層次階段。此外像是英語的過去式動詞"Drive/Drove"，"Take/Took"透過母音替換（Vowel Alternations）區分為不同的層次。

2. Divergence/Split（分離/分裂）[17]：當一個詞彙在進行語法化的過程時仍保有它的原始的實詞義，進而形成兩個功能相異的形式，亦即詞彙的語法化過程中具有實虛兩解的過渡階段。如："Mistress"仍然保留具體的名詞義，而

---

[14] 漢語譯名：參照孫朝奮 1994。

[15] Hopper 1993 在這裡所指的 "Functional domain" 像是 "tense/aspect/modality/case/reference etc.,"。

[16] Hopper & Traugottt 1993 稱為 "A synchronic result of unidirectionlity"。

[17] 沈家煊 1994 稱為「歧變過程」。

"Miss"則介於名詞和稱謂之中。

3. Specialization（限定）：在動態的語法結構中（An emergent grammatical construction）縮小選擇範圍的特徵。例如："Mistress"是對女性的一種特定說法（可能專指情婦），其它的限定用法像是"Mother"（可能專指生育有孩子的婦女）、"Widow"（可能專指配偶已去世的婦女）。

4. Persistence（持續）：語法形式的意義和表達與其歷時詞彙語素的意義有所相關。例如："Be gonna"是用於表示未來式，呈現說話者的意圖、計畫或安排。"Be going to"為一個時式標記（Original Aspectual）它可以出現在"Will"無法出現的結構中。例如："If interest rates **_are going to_** climb, we'll have to change our plans."；"*If interest rates **_will_** climb, we'll have to change our plans."。換句話說當一個形式或詞彙語法化到另一個語法項目時，仍傾向持續保留它原始詞彙意義的痕跡，並且可以反映其歷史發展的細節，以及使用限制和語法分佈。Hopper & Traugott（1993、2003：3、96）。

5. De-categorialization（類變/降類）：語法化的過程中導致詞彙減少了某項詞類特徵。誠如上面所說"Mrs."、"Miss"都是一種稱謂，它們通常缺少冠詞修飾、不能有領屬義。

最後 Hopper（1991：32）指出雖然文中使用"Principles"一詞，但應該更確切的說這些原則指的是"Heuristic"（啟發式的），也就是通過語法化的理論研究，並從經驗中所觀察到的原

則。誠如 Hopper（1991）所言 "Heuristic Principles" 任何的語言演變都是語言學家透過不同視角（歷時、共時），並經由跨語言、跨類型歸結而成的論點，因此根據所掌握的語言不同，自然也就得到不一樣的詮釋。像是 Bybee 等（1994：9-22）觀察及分析七十六種語言後，他們歸納語法化理論的八項假設（Hypotheses）。如下：

1. Source Determination（來源限定）：詞彙語法化的過程中仍然保有基本的語意特點。例如："Come"、"Go"在朝向語法化時然具有基本的趨向動詞語意，又如："Do"為動作及物動詞（Dynamic Transitive Verb），"Have"、"Be"為狀態動詞（Stative Verbs）。動作動詞是表示運動狀態的動詞，而狀態動詞則是表示一種相對靜止的動詞，兩者的基本語意來源是相同的。

2. Unidirectionality（單向性）：這是語法化跨語言分析的一貫性（Consistency），也就是詞彙由具體朝向抽象演化。語法化的過程中伴隨語法和語音演變的單向性，也就是說語法語素刪減掉音韻音段（Phonological Segments），而語法語素將不會保有完整形式，例如："Godlike"（如神的、神聖的）中"Like"取代了早先"Godly"的後綴"-ly"，也就是被另一個未弱化的形式取代。

3. Universal Paths（普遍路徑）：跨語言的分析結果顯示，各個語言的語法化歷程具有相似的路徑，尤其是在語法化變得越來越抽象時朝同一終點演變。

4. Retention of earlier meaning（保留先前的語意）：詞彙語法化之後和原來結構的語意有細微差異，但是詞彙的某些

部分意義仍然長期被保留。例如："Will"向表未來時貌標誌"Shall"的轉移，如下例：

a. ***Shall*** I call you a cab?（未來時貌）

b. ***Will*** I call you a cab?（意圖傾向/未來時貌）

"Shall"適用於第一人稱的問句，因為表示來自於外來強加的義務。而使用"Will"比較不恰當，因為"Will"顯現的是一種"Desire"（願望），也就是說話人詢問聽話人，是否願意叫一輛計程車而顯得較不得體。

5. Consequences of semantic retention（保留結果的語意）：這個概念是用一種可推測的方式，從現有的詞彙意義通過歷時分析（Synchronic Analysis）和比較研究（Comparative Studies），重建原有的內部語意（Internal Reconstruction）。

6. Semantic reduction and phonological reduction（語意減弱和音韻減弱）：相對於不常使用的話語，經常被使用的話語語音則會傾向於縮短、簡化，音韻減弱後詞彙的語素相對減少，即由具體義變為廣泛義。

7. Layering（層次）：詞彙語法化後經歷數層的路徑，導致和原先具有的意義並不完全相同。例如英語表示未來式的標誌"Will"、"Shall"、"Be going to"都具有表示行為動作、意圖傾向以及未來時貌的三種層次。又如一些領屬動詞（Verbs of Possession），其早先的語意接近於"Take"或是"Obtain"，因此這些詞彙的動詞語意就很容易演變為"Have"，也就是呈現"Take"、"Obtain"動作之後的結果。

8. Relevance（相關性）：這是指某個語法範疇的意義，影響到其它詞彙的原有意義，兩者具有相互伴生的關聯。

綜合以上三方的學者，我們把語法化的屬性、原則和假設呈現如表 2-2 以下將進行比較討論。

**表 2-2：Heine 等（1991）；Hopper（1991）；Bybee 等（1994）對語法化屬性/原則/假設比較**

| | Heine 等（1991） | Hopper（1991） | Bybee 等（1994） |
|---|---|---|---|
| 屬性 / 原則 / 假設 | 1. 單向的（Unidirectional）<br>2. 演化的連續統（Continuum）<br>3. 衰退（Decline）或腐蝕（Decay）、形態退化（Morphological degeneration）<br>4. 固定形式化（Idiomatization）和鈣化（Ossification） | 1. 層次（Layering）<br>2. 分離（Divergence）<br>3. 限定（Specialization）<br>4. 持續（Persistence）<br>5. 類變/降類（De-categorialization） | 1. 來源限定（Source determination）<br>2. 單向性（Unidirectionality）<br>3. 普遍路徑（Universal Paths）<br>4. 保留先前的語意（Retention of earlier meanin）<br>5. 保留結果的語意（Consequences of semantic retention）<br>6. 語意減弱和音韻減弱（Semantic reduction and phonological reduction）<br>7. 層次（Layering）<br>8. 相關性（Relevance） |

三者相同之處都在單向性（Unidirectionality）之下立論，Heine 等（1991）所謂的「連續統」就是 Hopper（1991）指的層

次、分離、持續，以及 Bybee 等（1994）的層次、保留先前的語意的概念相同，都是指詞彙語法化過程中實、虛互融的過渡現象。這個現象就如同 Hopper & Traugott（1993、2003：49）所呈現的樣貌：A > [A/B] > B。

　　Heine 等（1991）所謂的衰退、形態退化等，其實就是 Hopper（1991）意指的類變/降類，而 Bybee 等（1994）則使用「語意減弱和音韻減弱」，雖然 Hopper（1991）文中並未提及這項原則，但是在 Hopper & Traugott（1993、2003：100）則是使用了「泛化」（Generalization）這個名稱。「泛化」也就是指詞彙某一部分的語意推進到另外一個語意，或從較不具有語法功能的狀態，往較為語法功能的狀態過程，這個概念其實就是實詞虛化、虛詞更虛的原則。

　　除此之外，Hopper & Traugott（1993、2003：100）還把淡化（Bleaching），又分為意義的泛化（Generalization of Meaning）和語法功能的泛化（Generalization of Grammatical Function）。意義的泛化，像是漢語動詞「看」本來表示探望、看視（我來看你），當「看」語法化為表示觀測、估量時，經常以重疊形式出現（吃看看、試看看）藉以呈現動作的延續和重複，此時表示探望、看視的語意已減弱（張誼生（2000、2004）也使用泛化這個術語）。語法功能的泛化，像是英語的 "Be V-ing" 原先出現在施事結構（Agentive Constructions）例如 "The house was building."，之後在 18 世紀 "Be V-ing" 語法化用至被動式 "The house was being built." 取代了早先的施事結構，之後再延伸至靜態情境中（Stative Contexts）表示可能但不一定會發生的事件 "Contingency"，例如 "There are statues standing in the park."。

最獨特的是 Heine 等（1991）提到了固定形式化（Idiomatization）和鈣化（Ossification），我們在2.1.2節談到詞彙化的機制與條件時，Brinton & Traugott（2005：98）也用過這個詞來表示語法結構的融合伴隨著固定形式化。這個概念已經預先揭示了語法化、詞彙化的共性（可先參見表 2-4）。Brinton & Traugott（2005：110）表2-4所用的"Demotivation"和 Heine 等（1991）提出的"Idiomatization"概念相同，都是指詞彙成分的耗損、衰落後與其它結構成分形成非組合性的結構。

總體來說，上述三方學者對於語法化所列出的各項特質，略有差異而無法一一對舉，之所以會有無法完全對舉的現象，我們認為是因為語言類型學（Linguistic Typology）及跨語言觀察的差異所致。

Bisang（2011）認為語法化的過程並非同質性，因為存在一定程度的跨語言變異，以及語用與結構形式的相互作用差異。經由跨語言類型學研究，語法化產生了許多相關術語像是"Clines"（斜坡）、"Pathways"（路徑）、"Continua"（連續體）、"Chains"（鍊）、"Channels"（管道）。其後 Mal'chukov & Bisang（2017：6）其專著 *Unity and diversity in grammaticalization scenarios*（語法化事態中的一致性和多樣性）研究了各種語族中（斯拉夫語、印度雅利安語、藏緬語、班圖語、曼德語、瑪雅語等）的語法化演變，其目的在於揭示語法化的普遍性和語言特定性的問題。

事實上，不僅只有西方語言學家觀察到語法化與語言類型之間的關係，吳福祥（2020）也點出了當前漢語語法化研究的四項

問題：1.大部分成果專注於漢語語法化事實的描寫，而對語法化的理論問題重視較少；2.單個語法化過程的描寫有餘，系統的演變模式或路徑的揭示不足；3.缺少跨語言視角和類型學眼光，絕大部分成果只在漢語語言學框架裡討論問題；4.有些研究往往用貼標籤的方式代替邏輯論證。

從上述三方學者的論述來看，因為透過跨語言的觀察，所以總結得出的語法化理論、原則及路徑等有所差異，實際上卻是反映跨語言的多變性與類型學複雜性，因此也成就了語法化理論研究的長期發展。此外，吳福祥（2020）將語法化研究的意涵分為兩類：一類是指特定的語言現象（尤其是語言演變現象）；另一個是指描述和解釋語言現象的研究框架（Research framework），也就是「語法化理論」的本身。吳福祥（2020）更進一步認為，語法化與語言類型學之間有著密不可分的關係，如果只對某個特定的語言進行語法化研究，那麼就很難了解其中演變的性質及其所蘊涵的類型學意義。反之，如果把特定語言的語法化研究置於語言類型學的框架中，就很容易反映人類語言演變的共性，或是特定語言具有的類型學殊性。

## 2.3 小結

本節從語言研究的二軸視角，分別討論了詞彙化和語法化的定義、概念、機制等面向，以下先綜合討論方便下節進行兩者的比較。

1. 定義：詞彙化是語素的邊界消失，逐漸融合、凝固成為一個詞的過程，亦即從語法到詞法的轉化；語法化是實詞單位演

變到語法語素的過程，包含實詞到虛詞、虛詞到附著成分、詞綴的過程。但是詞彙化並不是語法化的反向路徑，Brinton & Traugott（2005：104）認為兩者之間的「顛倒」（Rversals）關係是：詞彙化的顛倒是「反詞彙化」（Antilexicalization）；語法化的顛倒是「反語法化」（Antigrammaticalization）。這些概念可以下圖 2-2 呈現其發展方向的相關性。

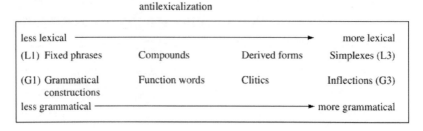

圖 2-2：反詞彙化與反語法化圖

圖 2-2 中要注意到詞彙化和語法化，都是在單向性原則下朝同一方向演變，所以方框內的箭頭方向一致。從 Brinton & Traugott（2005：104）所提供反詞彙化的語料，像是"Alcoholic"被意外的分析為新的衍生形式"-aholic/-oholic"，而與其它的詞複合為"Workaholic"、"Chocoholic"，即由原本的 L3 到 L2。實際上這是一種反向構詞，也就是語言使用者誤認詞和詞綴的成份，而再造的新詞。又如將 L3 階段的"Hamburger"誤認是由"Ham"加上"Burger"於是產生了"Cheeseburger"、"Fishburger"、"Mushroomburger"等，更

清楚的說反詞彙化即是一種「反向構詞」（Back Formation）。
相對來說，反語法化的用例較為少見，像是英語的所有格
"-'s" 從 G3>G2。

2. 動因與機制：推動詞彙化和語法化的動因，都是來自語
言使用者無意識的行為。主要是基於語言溝通與記憶，進而形成
詞彙的組塊、模組，以及隱喻、推理、類推等的機制所形成。

3. 附帶效應：詞彙化的過程當中伴隨著語素義的耗損、音
韻變化、固定形式化等，所以對於學習者來說需要記憶新的詞
彙，一般的構詞法可視為詞彙化的手段，但是必須留意音韻化、
產生新的語意、音系變化、融合為複合詞、語法結構固定形式化
的五項條件。語法化的過程中可以見到詞彙漸變為抽象、隱喻、
推理、泛化、類推等現象，而且語法化必須符合層次、分離、類
變/降類、語意/音韻減弱等的原則。

綜合上面的小結，詞彙化和語法化之間，雖然有些原則、條
件、機制等看起來相同、相近，但是又存在部分差異。這些差異
像是詞彙化不具能產性，語法化則具有能產性特徵，下節我們將
進行兩者的共性與殊性比較。

## 2.4 語法化和詞彙化的共性與殊性

圖 2-2 呈現詞彙化和語法化，兩者都是在「單向性」的原則
下發展，而反詞彙化或反語法化並不能視為違反單向性的反例。
下面我們將談談兩項理論的相同處和差異處。

## 2.4.1 詞彙化和語法化的相同處

Brinton & Traugott（2005：101）揭示了詞彙化和語法化的相同、相異之處：詞彙化的過程涉及合併或修改現有的形式，進而成為在語法功能上扮演主要的詞類。相對來說，語法化的過程則是形式類變/降類，也就是從主要詞類降到次要詞類，或是從獨立單位降到附著成份。他們羅列了詞彙化和語法化的相同處共有六大項，底下說明：

1. 漸變性（Gradualness）：詞彙化和語法化的演變過程中，兩者都會產生共存階段即 A>[A/B]>B。王燦龍（2005）指出「恨不得 VP」中它們本來的結構是 A 型：「恨+不得 VP」（表示不得 VP，而某人生恨），經由詞彙化後成為了 B 型：「恨不得+VP」（表示強烈的企望），所以「恨不得」由 A 型到 B 型並不是突變的，而是經歷了 A、B 共存的階段，所以以下三例都具有兩解意義。如下語料：

   (11) **恨不得**揚子江變做酒，棄穰金積到門。（元·陶宗儀《南村輟耕錄》）

   (12) 倚蓬窗一身兒活受苦，**恨不得**隨大江東去。（元·珠簾秀《雙調·壽陽曲答盧疏齋》）

   (13) 小生身雖遙而心常邇矣，**恨不得**鶼鶼比翼邛邛並軀。（元·王實甫《西廂記》）

除此之外，鄭縈、陳菘霖（2005）指出現代漢語的認知情態詞「或許」，大約形成在清代如下例：

   (14) 才足馭百人千人者，別異其名目，**或許**酒肉，**或許**婚娶。（《清代史料筆記叢刊》）

上例的「或許」可理解為「或+許」的詞組，形成「[或]+[許]+NP…[或]+[許]+NP」，表示「可能接受酒肉，可能接受婚娶」。另方面由於「或…或」的句式語意表示事態的可能性，因此「許」就在上述的句式中產生推測義，形成「[或許]+NP…[或許]+NP」，使得「[或]+[許]」由詞組轉變為複合詞「或許」。

2. 單向性原則（Unidirectionality）：詞彙化形成具有實質的功能，語法化則是越來越抽象只有純粹的表示語法功能。關於這點共性不論是實詞到虛詞、虛到更虛的語法化，還是由較少的詞彙功能到完整的詞彙，兩者都是由「少到多」的單向發展。如下圖 2-3 所示：

| less lexical ——————————→ more lexical | | | |
|---|---|---|---|
| (L1) Fixed phrases | Compounds | Derived forms | Simplexes (L3) |
| (G1) Grammatical constructions | Function words | Clitics | Inflections (G3) |
| less grammatical ——————————→ more grammatical | | | |

**圖 2-3：詞彙化與語法化的單向性**

圖 2-3 所見詞彙化（L1-L2-L3）和語法化（G1-G2-G3）的單向性是：詞彙化從 L1 部份固定詞組（Partially Fixed Phrases）如："Lose sight of"，"Agree with"，到 L2 半固定形式（Complex Semi-idiosyncratic Forms）如："Unhappy"，"Desktop"，最後到 L3 單詞無法再分析拆解的固定形式（Simplexes and Maximally Unanalyzable Idiosyncratic Forms）如："Over-the-hill"（過了 30 歲），"Kick-the-bucket"（死

亡）。上述「恨不得」的例子就是從較為鬆散的詞組到比較凝結、固定的詞。

語法化從 G1 初始詞組（Periphrases）如："Be going to"，"As far as"，"In fact"較少的語法結構，到 G2 半附著形式（Semi-bound Forms）如：功能詞-附著詞（Clitics）像是"'ll"（所有格）*genitiv* "-s"，最後到 G3 詞綴（Affixes）。G1 到 G2是為實詞虛化，而 G2 到 G3 是為虛詞更虛化。所以上述例(14)現代漢語情態「或許」的形成，則是「許」的動詞義在「或…或」的句式中減弱形成「或許」表示推測的副詞，即為 G1 到 G2 的實詞虛化。

　　3. 融合（Fusion）：在詞彙化過程中，詞和詞的共現形成凝固（Freezing）的固定涵義，語法化也有相同的情形。張誼生（2000）舉評注性副詞「不成」，「不成」本來是一個謂詞性的偏正短語。例如：

　　(15) 項籍少時，學書**不成**，去學劍，又**不成**。（《史記‧項羽本紀》）

到了隋唐「不成」已經凝固，表示「未能」相當於一個助動詞。例如：

　　(16) 日月還相鬥，星辰屢合圍。**不成**誅執法，焉得變危機。（唐‧杜甫〈傷春〉）

到了宋元「不成」的使用範圍擴大進入表否定的反詰句式。例如：

　　(17) 這件是人倫大事。**不成**我和你受用快樂倒叫家中父老吃苦。（《水滸傳》）

「不」和「成」之間的融合使得分界徹底消失，形成了一個表示

「難道」的評注性副詞。我們再以漢語的動結式呈現簡單的說明，如下兩例：

(18) 學生**走進**了圖書館。

(19) 老師把書**拿回**圖書館。

在第一句中 V1「走」是個不及物動詞，而 V2「進」是及物動詞，整個句子是：學生走，學生進圖書館都是共指學生，符合動詞的論元需求。但是，在第二句中 V2「回」是 V1「拿」的結果，因此必須以整個「拿回」當作詞彙化的複合動詞，也就是說「拿回」這兩個動詞之間的界線已經融合，V2「回」的動詞性已經「退化」（Degenerate）也就是指 V2 已經語法化（Packard 2000：255）。

4. 聚結（Coalescence）：是指音韻上的減損由融合後伴隨而來的現象。例如：漢語的動貌用法「-了」原為動詞表示了結、了卻，但在「了」語法化後就讀作輕聲，如：吃了、走了等；又如「頭」原本是表示人體或動物的身體部位，在語法化後讀為輕聲，並且依附於其它語素，成為一個詞彙化的詞：如木頭、丫頭；再如表示小稱的「-子」同樣具備語音耗損，原本實詞義的「子」讀為三聲，如老子、孔子，在「子」語法化後就讀作輕聲，其語意帶有小稱或暱稱涵義，如：舅子、姪子、嫂子，之後「子」成為了詞綴並附著於詞根如：盒子、句子、樣子、刀子。

5. 非組合性（Demotivation）固定形式化（Idiomatization）或是失去語意的組合性：像是漢語的複合詞如：玉米、電腦、風水、燒賣、東西（輕聲）、馬桶、肥皂、問世、鋼筆，其語意理解無法從字面意義獲得。

6. 隱喻化和轉喻化（Metaphorization and Metonymization）：
詞彙化和語法化對於語境都具有高度的依存性，隱喻和轉
喻兩者都對詞彙化和語法化有適用性，但不一定指同一種
類型的轉喻或是隱喻。雖然，詞彙化的過程涉及了轉喻
化、隱喻化，但是凝固之後的詞就不需要依存在語境中，
因為它們的實質內涵可以由社會習俗或是人們的使用而獲
得，像是「壁虎」是一種小動物跟真正的「虎」無關，人
們就是約定俗成的使用這個詞彙；又如「爪牙」也是從原
本的動物的爪牙，透過隱喻化以後才用表示為人的用法，
這也就是語言使用者所廣泛認定。也就是說詞彙化程度越
高的詞彙，對於母語者而言越難察覺其詞彙內部的語意內
涵，因為這些詞彙已經包裹了隱喻和轉喻的外衣。

　　Packard（2000：222）並未確切區分隱喻或轉喻，他把詞彙
化的類型分為五種，其中一種是隱喻詞彙化（Metaphorical
Lexicalization）是指詞彙內部組件（語素）失去了原有的意義，
同時基於相關性形成隱喻的理解，詞和詞之間仍然保有語法關
係。其下又可分為下列兩項：第一種是部件之間的隱喻
（Component Metaphorical Lexicalization）指的是詞彙的部件
（語素）中，其中一個語素具有隱喻的特質，而詞的整體意義上
仍然是隱喻的總合如：踏實（不是指踏在「實」上面）、噁心
（不是指心產生病態）、赤道（不是指紅色）、石筍（不是指
竹）。第二種整個詞的隱喻（Word Metaphorical Lexicalization）
意指語素之間仍然保有自己的基本意涵（Non-metaphorical），
而隱喻是以整個複合詞而論。例如：「電影」是一個名詞+名詞
而成的複合名詞，電影的語意也是從內部的語素而來，也就是

「電」（Electric）和「影」（Shadow）而理解為「電影」
"Movie"這個說法應該是來自於古代的皮影戲之後才有電影。

就上面的討論來看，Packard（2000）和 Brinton & Traugott
（2005）認為隱喻、轉喻都在語法化和詞彙化的過程中起了作
用，這是兩者的共性。但是有一派的學者則持相反，他們認為隱
喻、轉喻在語法化和詞彙化的過程中，應為「鏡像對立」
（Mirror Image）。Moreno Cabrera（1998）指出隱喻、轉喻在語
法化和詞彙化有下列特質如表 2-3：

**表 2-3：語法化和詞彙化的隱喻、轉喻特質對比**
Moreno Cabrera（1998：214）

| 語法化 | 詞彙化 |
| --- | --- |
| 從詞項到句法的變化。<br>It goes from the lexicon to the syntax. | 從句法到詞項的變化。<br>It goes from the syntax to the lexicon. |
| 對於詞項的影響。<br>It affects lexical items. | 對於詞組或句子的影響。<br>It affects phrases or sentences. |
| **遵守隱喻虛化層級**<br>**It abides by the Metaphorical**<br>**Abstraction Hierarchy.** | **遵守轉喻具像化層級**<br>**It abides by the Metonymical**<br>**Concretion Hierarchy.** |
| 從詞彙抽取到句法。<br>It feeds the syntax and bleeds the<br>lexicon. | 從句法抽取到詞彙。<br>It feeds the lexicon and bleeds the<br>syntax. |

Moreno Cabrera（1998：225）認為在語言演化的過程中，
語法化和詞彙化是兩個互補的原則，它們本著兩個互補但又相似
的兩個原則（隱喻和轉喻）對語言產生變化。詞彙化的結果造成
詞的凝結性和模糊性，因此對於語境的依存性扮演重要的角色。

王燦龍（2005）也是同樣支持上述的概念，他認為從認知語

意角度來說詞彙化是一種轉喻過程，語法化是一種隱喻過程。王燦龍（2005）以「恨不得」從語法的線型安排來看，「恨」和「不得」鄰近（恨不得＋VP）這一點符合轉喻的鄰近原則，但在「恨不得」還沒有詞彙化之前「恨」跟「不得 VP」（恨＋不得VP）之間具有一種因果關係，即：「不得 VP」是原因而「恨」是結果。

英語的動詞"Go"可以以"Be going to"（A place）的形式，表示說話人離開所在位置的位移，雖然它屬於空間認知域，但由於說話時「到達另一地」，這個目的是即將實現發生的事（動作尚未進行或正在進行），因此人們就將它從空間認知域映射（Mapping）到時間認知域，在這個過程中"Go"所表示的位移和方向的意義失去了，同時產生了表示時間的意義。

基於上述學者的說法，我們認為隱喻和轉喻是詞彙化、語法化過程中的共性而非相反、相異。畢永峨（2009：273）說明了隱喻和轉喻在語法化中起了作用。首先，他先將隱喻定義為：人類在不同的概念範疇內，找到彼此之間的相似性或是共通性，因此以同一語言來代表它們之間的共通性，而且具有來源域和目標域的映照，如漢語的「頭」不但可以指稱人體部位，也可以指物體的高處「山頭」，接著再語法化為類別詞「一頭牛」，最後成為一個詞綴「木頭」、「後頭」；轉喻是指語言成份之間的相鄰性以及言談和語境的相關性。

我們再以"Be going to"為例，若是要強調隱喻對語法化的重要性，說話者會把動詞"Go"從原來的空間移動，與表示「未來」的時間視為一種相似性。相反的若要說明轉喻對語法化的影響，說話者則會指出表「未來」的時間義，是來自於"Be going to"整個句式，並非來自於動詞"Go"的本身。因此，隱喻和轉喻在語法化過程中相互共存合作。

　　總結來看，從語意的角度切入語法化和詞彙化，就會涉及到隱喻和轉喻的理解，對於轉喻的詞彙化來說，其結果必須在語言環境中不斷累積詞彙的頻率，以至能達到約定俗成的效果。而隱喻的語法化是基於語言認知的相似性（Similarity）原則，像是閩南語的「骹」（腳）本來是人體的部位，而其語意逐漸擴大後也可以指稱物體的部位「桌骹」（桌腳）、「椅仔骹」（椅子下方）、「柱仔骹」（柱子下方），並且帶有空間涵義。但是在選舉的語言環境中「柱仔骹」，卻可以被理解為是「椿腳」，所以骹「腳」（腳）由空間轉指為人的詞彙化。這也就是說當「柱仔骹」被理解為表示人的時候，此時已經失去了原有表示物體空間的涵義，而被人們約定俗成為「椿腳」。因此，不論是隱喻還是轉喻，這兩者對詞彙化、語法化的過程，都有其重要的影響及相互伴隨。

## 2.4.2 詞彙化和語法化的差異性

　　上節談到詞彙化和語法化的相同處，主要的核心是建立在單向性、漸變性的原則下，衍生出融合、聚結、隱喻、轉喻等性質。雖然在語言變化的過程中可以見到這些共性，但兩項理論卻存在本質上的差異，以下將逐項說明。

　　1. 降類/類變（De-categorialization）：所謂的降類是指由上一級的詞類名詞、動詞等，降為次要屬性的詞類（形容詞、副詞、介詞等）。這個特徵主要是出現在語法化當中，而在詞彙化中則可能產生「轉類」（Conversion），

但「轉類」卻不是一個普遍的現象。轉類也稱為「零衍生」（Zero derivation）是一種構詞方法，涉及從現有單詞（不同詞類）創建一個新詞類，而不改變任何形式（Bauer, Hernández 2005：131），像是 "Google" 可以指涉公司亦可指涉動詞表示搜尋，兩者都是在詞類之間轉換，而不涉及新形式的產生。反之語法化則是具備降類/類變及新形式的產生，像是動詞「說」即由一個實詞動詞語法化為一種語助詞，如下例：

我**說**話、唱歌。（動詞）

我不贊成**說**中文系一定要雙語教學。（補語標記）

吃霸王餐，**說**有這樣的人哪！（言談標記─表達說話人的立場）

這件事就是這樣的**說**！（言談標記─表達說話人的立場）

2. 淡化（Bleaching）：語法化的過程中語意會逐漸的淡化、漂白；相反的詞彙化的語意會更加的鮮明，例如「死」的語意淡化，如下列：（語料來自劉秀瑩 2007；唐賢清、陳麗 2011）。

小狗**死**了（不及物動詞）

**死**火山、**死**水、**死**棋、**死**心眼（形容詞，經由隱喻而來）

期末只有 30 分就是「**死當**」（副詞，表示一定、穩當）

這筆生意是「**死賠**」（副詞，表示一定、穩當）

打**死**、撞**死**、把洞堵**死**、把話說**死**（當作結果補語）

從上面的語料來看，「死」從原本的不及物動詞逐漸降類為

補語及副詞成份，接著又透過隱喻「死」可以表示極端的程度義，如：死愛買、死愛喝酒、他肥死了、我想死他了、我愛死劉德華了，就表程度義來看「死」有負面義，但是後二例的用法，就已經淡化了原本的負面義涵，變成表示高程度的喜愛。

3. 主觀化（Subjectification）：客觀事件的描述變成對事實的評論。語法化的過程當中涉及了說話者主觀的論點，因此語法化轉移成較為抽象、有標（Markers），其功能是代表說話者的角度，而相反的詞彙化卻沒有這樣指涉明確的特質。相關的語法化用例如：「被」字句的語法化歷程，從原本的覆蓋義逐漸發展為蒙受，並且動詞具有損害、受害，而表示不幸的被動（Zhang 1994：321-360）。湯廷池（1988：140）認為說話人在言談中帶有「移情」焦點（Speaker's Empathy Hierarchy）如下例：

張三打了李四。

張三打了他的太太。

李四的丈夫打了她。

李四**被**張三打了。

李四**被**她的丈夫打了。

同樣是丈夫（張三）打老婆（李四），說話人的移情焦點可以是張三也可以是李四。第一句是純客觀的陳述，接下來則是說話人的移情焦點逐漸從張三移向李四；用「他的太太」來稱呼「李四」是同情「張三」；用「李四的丈夫」或「她的丈夫」來稱呼「張三」是同情「李四」；用被動式「李四被張三打了」也是將同情移到「李四」。

再如英文中的"I think"在正常的語法中，"I think"後面

必須接上子句，如："I think that you have come."，但是在口語中聽話者聽到"I think"之後的回應都是針對補語而來的，如：A："I think it's going to rain this afternoon"；B："Well you'd better take an umbrella."，也就是說補語才是互動時主要傳達的內容，在這個例子中"I think"表達說話人的對"It's going to rain this afternoon."這個說法具有高度的信心，而成為一個言談標記。同時，也可以看到"That"已經不出現在"I think"和補語中間。

4. 能產性（Productivity）：語法化的能產性主要表現在類頻率（Type Frequency）的增加，頻律是指某一種樣式（Pattern）的項目（Item）出現的次數。例如：「-了」、「-著」、「-過」三類動貌標誌，它們常常與動詞連結表現動作的「完成－持續－經驗」。

5. 頻率（Frequency）：語法化的例頻率（Token Frequency）也是不斷的增加。像是上述「-了」大多數的動詞都能夠加上「-了」，表示動作的完結或是狀態的改變。例如：冷了、熱了、吃了、跑了、走了。又如被動式中「被」的例頻率比其它的被動（讓、叫、給、受、見）用法更為常見。

6. 類型學的普遍性（Typological Generality）：語法化的樣式會有跨語言的現象。這方面在 2.2.2 節像是 Bybee 等（1994）；Kuteva & Heine （2002,2019）的研究，又如小稱詞由人的後代語法化為小稱的用法在漢語方言以及其它的語系都有相同的普遍性（曹逢甫、劉秀雪，2008）。

綜合上面的討論，語法化和詞彙化都是語言演變的兩個重要

的理論，兩者有許多相似的特質也有相異之處。最後 Brinton &
Traugott（2005：110）把語法化和詞彙化的異同歸結在下表 2-
4。

表 2-4：詞彙化和語法化的相同、相異性

|   |   | *Lexicalization* | *Grammaticalization* |
|---|---|---|---|
| a | Gradualness | + | + |
| b | Unidirectionality | + | + |
| c | Fusion | + | + |
| d | Coalescence | + | + |
| e | Demotivation | + | + |
| f | Metaphorization/metonymization | + | + |
| g | Decategorialization | − | + |
| h | Bleaching | − | + |
| i | Subjectification | − | + |
| j | Productivity | − | + |
| k | Frequency | − | + |
| l | Typological generality | − | + |

'+' characteristic of　'−' not characteristic of

　　表 2-4 中不論是詞彙化還是語法化，都是建立在漸變性和單
向性的原則下，漸變性是指語言的變化並非突變，而是時間積累
漸變，單向性原則可參照圖 2-3 的說明。「融合」即是在 2.1.1 節
提到詞彙化的九項概念意義，即詞組或語法結構的界線耗損，而
在語法化的過程中像是 2.4.1 節的「不成」，本來是一個謂詞性
的偏正短語，因為詞彙邊界的融合，所以最後形成一個與「難
道」相仿的評注性副詞。「聚結」原本具有實詞意義的語素，在
語法化過程中產生音韻弱化、耗損，經過結構跟組織界線消失，
最後形成一個完整的而非組合性的固定形式化（Demotivation/
Idiomatization）。需要注意的是，隱喻和轉喻是詞彙化和語法化

過程中都會出現的現象，就如 2.4.1 節的說明跟舉例。但是，隱喻成為了驅動語法化的動因和機制（如表 2-1），而隱喻卻在詞彙化中扮演一種機制，如同（見 2.1.2 節）並列式名詞詞組「犧」、「牲」，各自指涉為古代祭祀時的家畜，之後經由隱喻引申為受到損害的人或事物，甚至也經由「轉類」從名詞變成動詞，隱喻的功能是延伸、擴展原先詞彙語意的手段。

最後詞彙化和語法化，兩者的差異是：詞彙化可以歸納為不同的類型，如 2.1.1 節 Talmy（2000）從語言類型的角度，歸納不同語言的詞彙化型態：「衛星框架」（Satellite-framed）和「動詞框架」（Verb-framed）。這是一種特定語言現象的歸納，而非所有的語言都必經的演化。相反的語法化是一種語言變化的演繹，可解釋所有語言都具有實詞到虛詞、虛詞到更虛詞的「普遍性」（Generality）。

## 2.5 本章結論

本章以宏觀、微觀的兩種論述方式，分別呈現詞彙化、語法化的概念框架。從研究視角而言，歷時和共時二軸交織有助於觀察語言變化的軌跡，像是漢語的動貌標記「-了」、「-著」、「-過」及本章所列舉的相關語料，可以得到漸變性、單向性等的啟發。同時藉由共時跨語言、跨類型的歸納，可以發現人類語言認知的共性，像是隱喻、轉喻、主觀化及使用頻率等的特質。其次，本章嘗試以文獻質化討論的方式呈現詞彙化、語法化的理論框架，亦可輔助未來從事相關議題研究的指引參考。總結可以簡單歸納為下列幾項：

　　1. 關於詞彙化及語法化的二軸定義：共時觀點詞彙化：概念的表現和語法之間產生的關連，進而形成一個格式化（Formalized）；歷時觀點詞彙化：語法結構或是構詞方式，形成一個新的形式或內容，而其形式或語意是無法衍生或是推知，並隨著時間的推移逐漸喪失內部的結構成份，最後凝結、固定或複合成為詞彙。共時觀點語法化：視為一種語法、語篇語用（Discourse Pragmatic）現象，需要從語言使用的角度進行研究；歷時觀點語法化：使詞位（Lexeme）進入到語法要素層次（Grammatical Formatives）的過程，還包括從略虛到更虛的狀態。

　　2. 關於詞彙化的概念意義、機制和條件：概念意義：詞彙化的過程是一種動態的連續體（Lexical-grammatical Continuum）具有漸變性。其過程不僅僅只是將成分吸納或合併，構詞法也同樣可視為詞彙化。詞彙化包含了融合（Fusion），亦即抹除了詞組或是詞法的界線，通常包含了語意和語用的固定形式化（Idiomaticization）。詞彙化不具有能產性，因此產出後的詞彙必須經由說話者記憶學習，即進入人們的長程記憶中。詞彙化的來源可能是複合詞、語法結構、語法詞項（Grammatical Items）產出後的詞彙，這些詞彙帶有化石化（Fossilized Forms）的特徵。詞彙化的機制是：認知心理組塊、模組化機制，也就是原來分立的單位變得互相依賴，促成了詞彙化的產生。詞彙化條件：固定形式化（Idiomaticization）、融合為複合詞、音系變化、產生新的語意、音韻化。

　　就詞彙化的概念、機制和條件，各家學者較有一致的共識，相較之下語法化的研究則形成百家爭鳴的狀況，各類的機制、動

因、原則和假設，都較有各自的論點，我們整理如下。

3. 關於語法化的動因、機制（詳見表 2-1），語言學家的共識都認為是外部的語言認知因素造成語法化，可能來自心理和溝通中所產生的隱喻、轉喻認知心理。關於語法化原則、假設或屬性（詳見表 2-2）：層次、分離、限定、持續、類變/降類；假設：來源限定、單向性、普遍路徑、保留先前的語意、保留結果的語意、語意和音韻減弱、層次、相關性。

4. 詞彙化和語法化的共性、殊性：兩者都是在單向性原則下立論（見圖 2-3），並且具備漸變性即：A>[A/B]>B，形成的過程產生融合現象，以及非組合性或是固定形式化，同時兩者對於語境有高度的依存性。兩者的差異在於語法化具有類變/降類、主觀化、能產性及類型學的普遍特徵，相較之下詞彙化可能經由轉類、零衍生從現有的單詞創建另一個新詞類等。

本章完整的比較詞彙化、語法化的理論框架，但仍有一些問題需要進一步釐清：首先是為什麼語法化的論點這麼複雜？特別是針對語法化產生的機制、動因、原則、假設等，仔細對照表 2-1 和表 2-2 就可以知道，各家學者所歸結的論點不盡相同，而這些不同的論點反映哪些學術視點的差異？另外這些理論中提出的關鍵詞之間有怎樣的連結性？這些問題暫時無法從質化的論述得到結果，因此下一章我們將採用文獻計量的方式，觀察兩項理論框架下重要文獻的作者、引文編年關係、關鍵詞類聚等，藉由軟體直觀了解詞彙化、語法化理論的視覺化探索。

# 第三章
# 論述視角與文獻計量視覺化探究

　　前一章從質化的角度討論了語法化、詞彙化的理論框架，雖然處理了大部分的議題例如定義、原則、假設等等，但是詞彙化與語法化相比，後者的研究論點較為複雜，尤其是針對語法化產生的機制、原則、假設等，這些不同的論點能反映出哪些學術視點差異？同時在這兩個理論框架下，關鍵詞之間有怎樣的連結性？因此，本章將採用文獻計量方法進行討論與分析。

　　透過文獻計量法可獲知理論架構的來龍去脈，所以本章將先說明詞彙化和語法化歷時、共時二軸的語言學史觀，接著以 Histicite 和 VOSviewer 兩套軟體進行文獻計量方法和視覺化分析，藉以了解文獻編年的重要性。

## 3.1 語言研究的歷時與共時二軸

　　現代語言學的學科發展建立於十九世紀，當時語言學主要是透過內部擬構法（Internal Reconstruction）建立語言的譜系樹（Family Tree），其主要目的是為了確認語言間的親緣關係，現代語言學家稱為「歷史比較語言學」（Comparative Linguistics）。

　　何大安（2000）指出十九世紀是歷史語言學的黃金時代，語言學家根據古典拉丁文、希臘文、梵文、日耳曼文同源詞的比較發現了語言音變的法則，並進而構擬原始印歐語言、重建印歐語的歷史演變過程。歷史語言學家因而把這些音變規則稱為「音變法則」（Sound Law），他們認為歷史語言學的比較法（Comparative Method）是一項有效的科學方法，利用這項方法從事的語言研究是一種「語言科學」（The Science of Language）。

　　到了十九世紀末索緒爾認為語言研究應該分為：共時又稱為「靜態語言學」、歷時又稱為「動態語言學」兩大面向。所謂共時是指將語言視為在某一時間中具有獨立性的溝通系統；歷時則是從歷史觀點看待語言，語言是附屬在時間的變動中（Robins 2001：224[1]）。索振羽（1994）指出索緒爾在《普通語言學教程》中揭示的歷時和共時兩個面向有下列的不同：

1. 共時比歷時來得重要，因為對大眾來說共時是真正的、唯一的現實性，而歷時的作用只是幫助人們了解共時的形成條件與背景。

2. 兩者的視點（Perspective）不同，共時只有一個視點即當代的說話者；而歷時則有前瞻與回顧兩個視點。

3. 兩者的方法不同，共時是蒐集說話人的語言進而分析與描寫。歷時是採取歷史敘述（即以書面文獻為素材），歷史

---

[1]　原文如下：Synchronic, in which languages are treated as self-contained systems of communication at any particular time；And diachronic, in which the changes to which languages are subject in the course of time are treated historically.

回顧是歷史比較法（即以親屬語言的材料當作比較依
據）。

4. 兩者的研究範圍不同，共時語言學研究的是特定語言系統
的之間的關係，而歷時語言學主要研究時間上語言現象之
間的替代關係。

由上述可見，索緒爾認為對於歷時和共時語言兩者必須區
分，同時共時語言學比歷史語言學來的重要。索緒爾本身的研究
基礎是建立在歷史語言學當中，只是在當時的學術氛圍中，語言
學家汲汲於重建原始語言的樣貌，卻往往忽略了當代人們的語言
使用。

Robins（2001：214）認為索緒爾的共時、歷時之說，是研
究語言學的兩大基本面向。索緒爾之前的語言學家，都未明確的
指出這兩者的區別甚至不予理會。而索緒爾認為共時研究是將語
言放在特定的時間裡，當作為獨立的溝通系統來研究；歷時研究
是在時間的過程中研究語言的歷史變化，兩者統稱為語言學的二
軸。

綜合索緒爾共時和歷時之說其關係如下：共時—語言的某一
個暫時狀態，即說話人使用語言時的語言狀態；歷時—語言的連
續的變化所顯示的形態，是語言狀態在時間軸線上所表現出來的
變化《普通語言學教程》：頁 143。由此可知，索緒爾的共時和
歷時二軸之說並非要割裂彼此，而是要凸顯出兩者的相輔相成關
係，共時和歷時是相互獨立卻又相互依存的關係。

總結上述，早期的歷時語言學所關心的是從語音音變探求
「追根溯源」的語言發展，所以許多的語言學家將其重心放在音
韻變化，像是「格林定律」（Grimm's Law）提出系統性音變的

連續推移鏈、Schleicher（1821-1868）根據語言的共同特徵（詞彙對應、語音變化結果等）將語言分為不同語族，再為這些語族擬構出原史語。除此之外，像是諸位學者首推法國語言學家 A. Meillet（1866-1936）是語法化一詞的先驅者亦是從歷史比較語言學而來。

## 3.2 Histcite 文獻計量方法及 VOSviewer 視覺化探索

目前，語法化和詞彙化研究在東、西方均得到了長足的發展，一般的文獻研究方法對於資料的掌握比較注重質性研究。近年來因為科技與人文的結合，開發出了許多文獻計量方法及視覺化之軟體，像是 CiteSpace [2]、VOSviewer [3]、CNKI、Histcite [4] 等，這些軟體的主要功能都是完善文獻計量、作者合作、關鍵詞共現分析、機構合作、共被引分析、引文分析、時間序列等。

文獻計量方法及視覺化對當前所有學科有什麼幫助及突破？蔡欣倫（2017、2018）；吳佳芬（2017、2018、2019、2020）指出系統性的文獻回顧研究（Systematic Reviews of Research）是一種文獻研究的應用，在 2000 年後開始興起以資料為本位的概念，運用回顧性研究代表該議題在該學門領域的顯著性，亦反映出主題的研究成果，因此運用文獻計量方法分析被認為是評估期刊標準的重要科學工具，藉由大量訊息進行結構化分析，推斷長

---

[2]　http://cluster.cis.drexel.edu/~cchen/citespace/。

[3]　https://www.vosviewer.com/。

[4]　https://researchhub.org/store/histcite/。

期趨勢變化提供客觀和可靠的分析計算。

　　吳佳芬（2019）認為文獻引文分析的意義，在於能快速的找到最重要的資料，包括最重要的作者、期刊、文章和發展趨勢等。研究者掌握了這些線索寫起論文就有信心。然而，進行文獻引文分析研究之前，必須先了解有哪些重要的資料庫，最常用的英文資料庫是 Web of Science（WOS）或 Scopus 等，中文的有華藝數位、中國知網（CNKI）和萬方資料庫。如果能把查到的關鍵詞經過軟體分析將重要的訊息提取，就能精準的挑選到真正需要的參考文章，這也是文獻引文分析研究見樹又見林的目的。

　　基於上述，下節將使用諸位學者（蔡欣倫，2017、2018；吳佳芬，2017、2018、2019、2020）使用的 Histcite 軟體對詞彙化和語法化進行文獻計量分析，並將數據導入 VOSviewer 軟體呈現視覺化之探索。

### 3.2.1 Histcite 操作步驟及 WOS 資料蒐集

　　蔡欣倫（2017、2018）說明了 Histcite，是由圖書文獻資訊科學的先驅者 Eugene Garfield 博士所研發的書目計量工具。Histcite 的優點是能分析出大量的文獻，例如：每年發表文章數（Yearly Output）、國家/地區、作者、期刊、文獻總量、引用文獻量等等多項分析結果。Histcite 的缺點是僅能搭配 WOS 資料庫限定於幾個核心期刊，而且只分析英文文獻，其餘還有軟體限於 IE 瀏覽器中操作等。而 VOSviewer 能夠找出論文的高頻關鍵詞，以及關鍵詞共現（Keyword Co-occurrence）並呈現知識網路結構及共現性，補足 Histcite 視覺化的不足。

　　由於 Histcite 對於文獻計量分析的應用相當多樣，檢索後的

數據可以直接截圖呈現，但將會佔大量據篇幅不利於讀者閱讀，因此本節只選取重要期刊、重要作者、引文編年圖及關鍵詞聚類四項，對詞彙化、語法化的文獻進行計量及視覺化分析。我們使用 Histcite 的步驟如下：

1. 首先獲取 WOS 資料：如上所述 Histcite 只支援 WOS 資料庫，WOS 涵蓋多學科範圍包括科學、社會科學、藝術和人文科學並且跨越學科，內容有 12,000 種高影響力期刊和 160,000 篇會議論文集[5]。在 WOS 輸入關鍵詞並選擇以 "Topic"「主題」搜尋，即可得出文獻資料的數量、出版年份、文獻類型、WOS 領域、作者、隸屬機構、國家地區等多項指標；接著 "Export"「匯出」並選擇 "Plain text file"「純文字檔」，然後在「紀錄選項」中選擇記錄自（每次只能匯出 500 筆，因此每次只能輸入最大值 500 所以需要分次匯出），紀錄內容必須選擇「完整記錄和被引參考文獻」這樣所匯出的資料呈現.txt 檔案才能由 Histcite 進行分析如下圖 3-1：

―――――――――――――――

[5]　詳見國立臺灣大學雲端服務與整合中心 https://management.ntu.edu.tw/CSIC/DB/WOS。

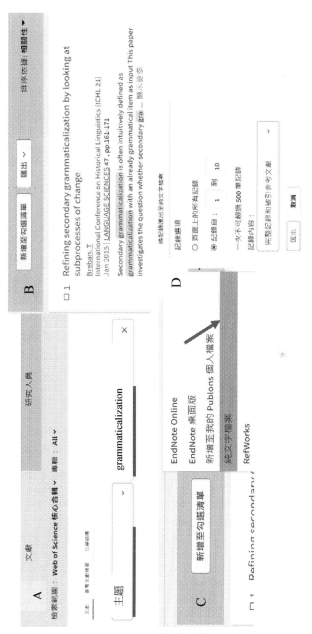

**圖 3-1：使用 WOS 資料庫搜尋並匯出資料步驟**

2. 其次導入資料及初步數據：經由 WOS 所蒐尋的資料後，便可導入 Histcite 系統。在此之前要注意匯出的.txt 檔案必須存在 Histcite 解壓縮後的 TXT 文件夾中，然後執行 main.exe 執行檔後將出現下列圖 3-2 的畫面並輸入 "1" 程式將自動分析原先在 TXT 文件夾中的.txt 文件。

圖 3-2：使用 Histcite 將 WOS 的.txt 資料進行分析

　　接著 Histcite 開始運作後便會出現如圖 3-3 的畫面。以 "Grammaticalization" 主題關鍵詞為例從 WOS 抓取的論文篇數 "Records" 共 2,063 篇，共有 1,833 位作者 "Authors"，其餘還有發文機構、國家、關鍵詞等選項方便研究者按需所取，其次亦可點擊 "Yearly Output" 查看發文的年代、"Document Type" 文獻類型等。由於文獻類型的樣態較多可能包含 "Article"，"Book Chapter"，"Book Review"，"Proceedings Paper"，"Book"，"Meeting Abstract" 等多樣，因此後文中我們採取廣義的概念，不加以區分各類文獻類型。

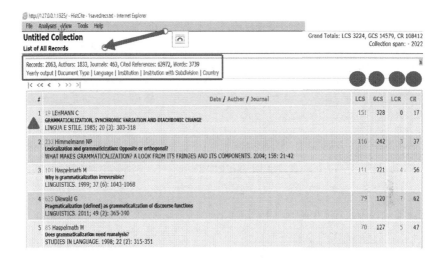

**圖 3-3：使用 Histcite 分析的初步數據介面**

介面上除了幾個要項以外，其中需要特別注意四項指標：

1. LCS（Local Citation Score/同領域引用量）值很高就表示該論文是此研究領域內的重要文獻。以第一篇為例 LCS 151 表示 1985 年發表的這篇文章，同領域引用量有 151 篇，而且點進去數值後可以看到引用該文獻的詳細內容包含年代、作者、詳細的內容，以同例來說 151 篇中第一篇及最後一篇引用者如下所示：

| 1 | 23 ABRAHAM W |
| --- | --- |
| | **THE GRAMMATICALIZATION OF AUXILIARY AND MODAL VERBS** |
| | BEITRAGE ZUR GESCHICHTE DER DEUTSCHEN SPRACHE UND LITERATUR. 1990; 112 (2): 200-208 |

| 151 | 2050 LI RT, Cheung AKF, Liu KL |
| --- | --- |
| | **A Corpus-Based Investigation of Extra-Textual, Connective, and Emphasizing Additions in English-Chinese Conference Interpreting** |
| | FRONTIERS IN PSYCHOLOGY. 2022 MAY 30; 13: Art. No. 847735 |

2. GCS（Global Citation Score/跨領域引用量）表該論文在不

同領域、不同學科之間被引用的次數，因為有些非相關領域的研究者，也有可能因文章需要而引用該論文，所以 GCS 還是會把這個引用資料記錄下來。如果 LCS 值小 GCS 值大，就說明了該論文可能不是同行領域最重視的文章。以第一篇為例 GCS 328 表示 1985 年發表的這篇文章，跨領域引用量有 328 篇。

3. LCR（Local Citrated References/引用同領域相關文獻的次數）表示該論文引用同領域相關文獻的次數。以第一篇為例 LCR 0 表示 1985 年發表的這篇文章，在本領域很有可能是開山之作。

4. CR（Citrated References/論文引用的參考文獻數量）表示該論文引用的參考文獻數量，因為該論文可能引用了其它領域、學科的資料，如果 CR 的數值較高可能反映了該論文較屬於綜述型的文章而非專論型。以第一篇為例 CR 17 表示 1985 年發表的這篇文章，引用了 17 篇參考文獻。

這四項指標中尤以 LCS 最值得重視，可以獲取本同行領域中重要的論文。對於 WOS 資料蒐集及 Histcite 操作步驟有了初步的了解後，下面我們將針對以 "Lexicalization" 和 "Grammaticalization" 為關鍵詞主題的進行文獻計量分析討論。

### 3.2.2 Histcite 數據意義及 VOSviewer 關鍵詞視覺化

經由上節的兩個步驟之後，我們就可以針對所分析的文獻進行計量數據解讀，以及了解文獻的引證關係，達到最終的文獻計量方法分析結果。

1. 重要期刊：圖 3-4a 呈現以 "Lexicalization" 和 3-4b 以

"Grammaticalization" 為關鍵詞主題，抽取 WOS 核心期刊資料庫後的總數結果，前者 724 筆、後者 2,063 筆，我們擷取排名前 20 位的期刊觀察，程式自動默認排序是「發文量」（Recs）。

Records: 724, Authors: 1078, Journals: 363, Cited References: 26125, Words: 2044
Yearly output | Document Type | Language | Institution | Institution with Subdivision | Country
|< << < > >> >|

| # | Journal | Recs | TLCS | TGCS |
|---|---------|------|------|------|
| 1 | LINGUISTICS | 16 | 19 | 244 |
| 2 | LINGUA | 14 | 13 | 168 |
| 3 | STUDIES IN LANGUAGE | 14 | 12 | 93 |
| 4 | COGNITIVE LINGUISTICS | 13 | 21 | 189 |
| 5 | LANGUAGE SCIENCES | 12 | 4 | 55 |
| 6 | LEXICALIZATION PATTERNS IN COLOR NAMING: A CROSS-LINGUISTIC PERSPECTIVE | 11 | 1 | 6 |
| 7 | COGNITION | 10 | 76 | 2702 |
| 8 | JOURNAL OF PRAGMATICS | 10 | 1 | 25 |
| 9 | LANGUAGE | 10 | 16 | 217 |
| 10 | FOLIA LINGUISTICA | 9 | 6 | 101 |
| 11 | BILINGUALISM-LANGUAGE AND COGNITION | 8 | 22 | 120 |
| 12 | JOURNAL OF LINGUISTICS | 8 | 2 | 150 |
| 13 | LANGUAGE AND LINGUISTICS ● | 8 | 1 | 16 |
| 14 | ENGLISH LANGUAGE & LINGUISTICS | 7 | 4 | 56 |
| 15 | INTERNATIONAL JOURNAL OF BILINGUALISM | 7 | 26 | 119 |
| 16 | JOURNAL OF MEMORY AND LANGUAGE | 7 | 23 | 892 |
| 17 | LANGUAGE AND COGNITIVE PROCESSES | 7 | 11 | 361 |
| 18 | JOURNAL OF CHINESE LINGUISTICS ● | 6 | 0 | 5 |
| 19 | JOURNAL OF EXPERIMENTAL PSYCHOLOGY-LEARNING MEMORY AND COGNITION | 6 | 23 | 756 |
| 20 | LANGUAGE AND COGNITION | 6 | 2 | 15 |

**圖 3-4a：主題關鍵詞 "Lexicalization" 重要期刊排名**

圖 3-4a 可知依照 "Recs" 發文量名列第一名的期刊是 *Linguistics*（ISSN 0024-3949）依次是 *Lingual*，*Studies in Language*，*Cognitive Linguistics* 等。特別有意義的是第 13 位及第 18 位 *Language and Linguistics*（L&L）是中央研究院語言所發行的專業期刊，而 *Journal of Chinese Linguistics*（JCL）則是由香港中文大學發行，都足以顯示亞洲語言學研究的亮點及國際研究的

認可度。需要注意的是 TLCS（同領域總引用量）[6]值很高就表示該論文，是此研究領域內的重要文獻，雖然 *Cognition*（*ISSN 0010-0277*）發文量排第 7 位，但是同領域總引用量 TLCS 值最高，也就是說同行領域中有較高的引用數，不僅如此 TGCS（跨領域總引用量）[7]也是最高表該期刊在不同領域、不同學科之間也具備高引用數。反之，如果 TLCS 值小 TGCS 值大就說明了該論文，可能不是同行領域最重要的期刊。進一步使用 Journal Citation Reports 查詢[8] *Cognition* 影響因子（Impact Factor）2021 年有 4.011（如箭頭所指），對比發文量第一的 *Linguistics* 2021 年只有 0.966（如箭頭所指）。足以顯現 *Cognition* 是研究 "Lexicalization" 最受同行及跨領域注意的期刊。

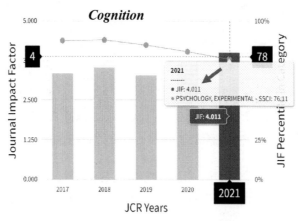

---

[6]　TLCS 是由 LCS 加總而來。

[7]　TGCS 是由 GCS 加總而來。

[8]　Clarivate Journal Citation Reports　https://jcr.clarivate.com/jcr/home。

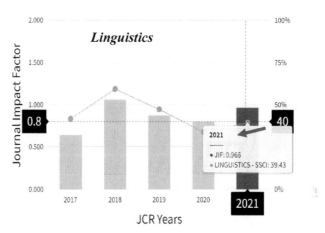

期刊 *Cognition* 的定位涵蓋了涉及不同方面的廣泛主題，從生物學和實驗研究到形式分析，內容自心理學、神經科學、語言學、計算機科學、數學、行為學和哲學領域的文章都有，因此同領域總引用量 TLCS 和跨領域總引用量 TGCS 值較高，也是表示"Lexicalization"受到不同學科領域的關注。相較之下 *Linguistics* 期刊則定位在語言和語言學、藝術與人文學科。由上也就暗示了未來詞彙化的研究，必然涉及同行領域之外的跨學科研究。

上述從 WOS 抽取"Lexicalization"之數據有 724 筆，而以"Grammaticalization"抽取則有 2,063 筆明顯比前者高出兩倍之多[9]，同樣的我們擷取重要期刊的前二十名討論，程式自動默認排序是"Recs"發文量，如下圖 3-4b 所示：

---

[9]　WOS 抽取出來的數值實際為 2,065 經由人工檢視後刪除"11"，"12"與主題無關的文章餘 2,063 筆。

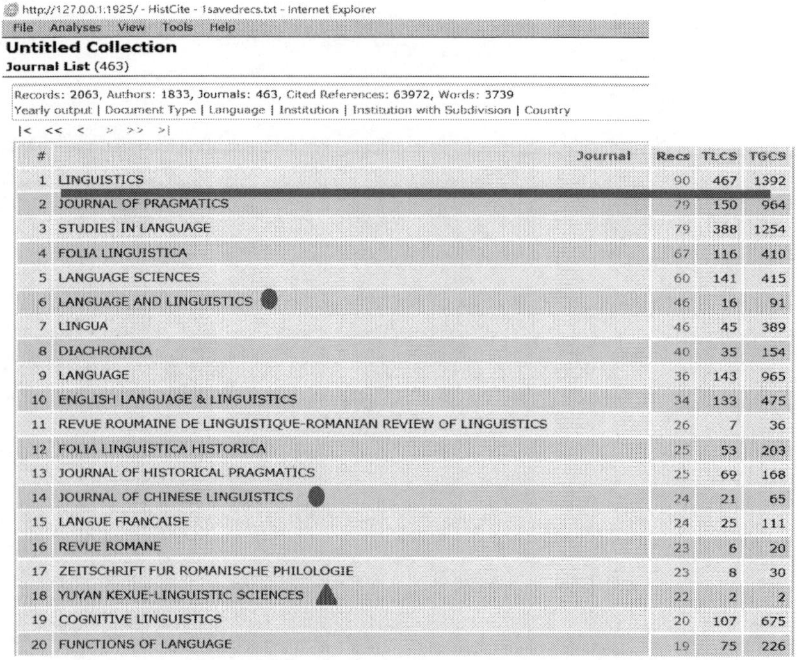

```
http://127.0.0.1:1925/ - HistCite - 1savedrecs.txt - Internet Explorer
File   Analyses   View   Tools   Help
```

**Untitled Collection**
**Journal List (463)**

Records: 2063, Authors: 1833, Journals: 463, Cited References: 63972, Words: 3739
Yearly output | Document Type | Language | Institution | Institution with Subdivision | Country

|< << < > >> >|

| # | Journal | Recs | TLCS | TGCS |
|---|---|---|---|---|
| 1 | LINGUISTICS | 90 | 467 | 1392 |
| 2 | JOURNAL OF PRAGMATICS | 79 | 150 | 964 |
| 3 | STUDIES IN LANGUAGE | 79 | 388 | 1254 |
| 4 | FOLIA LINGUISTICA | 67 | 116 | 410 |
| 5 | LANGUAGE SCIENCES | 60 | 141 | 415 |
| 6 | LANGUAGE AND LINGUISTICS ● | 46 | 16 | 91 |
| 7 | LINGUA | 46 | 45 | 389 |
| 8 | DIACHRONICA | 40 | 35 | 154 |
| 9 | LANGUAGE | 36 | 143 | 965 |
| 10 | ENGLISH LANGUAGE & LINGUISTICS | 34 | 133 | 475 |
| 11 | REVUE ROUMAINE DE LINGUISTIQUE-ROMANIAN REVIEW OF LINGUISTICS | 26 | 7 | 36 |
| 12 | FOLIA LINGUISTICA HISTORICA | 25 | 53 | 203 |
| 13 | JOURNAL OF HISTORICAL PRAGMATICS | 25 | 69 | 168 |
| 14 | JOURNAL OF CHINESE LINGUISTICS ● | 24 | 21 | 65 |
| 15 | LANGUE FRANCAISE | 24 | 25 | 111 |
| 16 | REVUE ROMANE | 23 | 6 | 20 |
| 17 | ZEITSCHRIFT FUR ROMANISCHE PHILOLOGIE | 23 | 8 | 30 |
| 18 | YUYAN KEXUE-LINGUISTIC SCIENCES ▲ | 22 | 2 | 2 |
| 19 | COGNITIVE LINGUISTICS | 20 | 107 | 675 |
| 20 | FUNCTIONS OF LANGUAGE | 19 | 75 | 226 |

### 圖 3-4b：主題關鍵詞 "Grammaticalization" 重要期刊排名

圖 3-4b 可知依照 "Recs" 發文量名列第一名也是 Linguistics 依次是 *Journal of Pragmatics*，*Studies in Language* 等。中央研究院語言所發行的（L&L）更是高居發文量的前六位高於 *Lingua*、*Language* 等國際知名期刊，足以顯是 L&L 相當重視 "Grammaticalization" 議題的研究，同樣的 JCL 也在重要期刊的第十四位。將 3-4a、3-4b 參照可以知曉兩個亞洲重要的國際核心期刊，對於 "Lexicalization" 和 "Grammaticalization" 的議題都有相同的偏好。再來看同領域總引用量 TLCS 第一名重要期刊是 Linguistics 不僅是發文量位居第一，也是同領域總引用量最高的

期刊，並且跨領域總引用量 TGCS，也是最高表示該期刊在不同領域、不同學科之間受到重視，據此可知從事"Grammaticalization"研究的議題，不論是本領域還是跨領域的學者而言 *Linguistics* 這本期刊是相當重要的。還有留意第十八位是「語言科學」[10]這個期刊也是發文量排名在前二十名，該期刊是由江蘇師範大學出版，雖然大多數的文章都是以漢語撰寫，但也有部分論文使用英語發表，因此才會出現在 WOS 的數據之中，但是其同領域總引用量 TLCS 跨領域總引用量 TGCS 相對較低。

透過上述的重要期刊對比，我們大致可以知道"Lexicalization"和"Grammaticalization"的研究，不只是語言學家（TLCS 同領域總引用量）所重視的研究議題，可能也是心理學家、教育學、腦科學所跨域（TGCS 跨領域總引用量）。

2. 重要作者：經由 Histcite 程式運作後，不只可以知道哪個期刊是同行領域中最重要的刊物，亦可進一步了解哪些學者是該專長領域的權威。同樣的也要注意到數據的排序，發文量（Recs）的多寡並不能代表作者論文在同領域總引用量（TLCS）的重要性。所以我們以"Lexicalization"為關鍵詞，得出總數 1,078 位作者，依照發文量（Recs）排序如圖 3-5a，依照同領域總引用量（TLCS）排序如圖 3-5b 共擷取前 20 位。

---

[10]　http://www.linsci.com。

**All-Author List** (1078)

Records: 724, Authors: 1078, Journals: 363, Cited Referenc
Yearly output | Document Type | Language | Institution | I
|< << < > >> >|

| # | Author | Recs | TLCS | TGCS |
|---|---|---|---|---|
| 1 | Filipovic L | 12 | 44 | 191 |
| 2 | Ibarretxe-Antunano I | 10 | 21 | 224 |
| 3 | Harley TA | 6 | 12 | 307 |
| 4 | van Hell JG | 6 | 19 | 202 |
| 5 | Cuetos F | 5 | 2 | 28 |
| 6 | Janzen G | 5 | 19 | 194 |
| 7 | McQueen JM | 5 | 19 | 194 |
| 8 | Takashima A | 5 | 19 | 194 |
| 9 | Costa A | 4 | 6 | 822 |
| 10 | Davidse K | 4 | 5 | 18 |
| 11 | Fagard B | 4 | 2 | 30 |
| 12 | Lehmann C | 4 | 10 | 94 |
| 13 | Lewandowski W | 4 | 5 | 21 |
| 14 | Rodriguez-Puente P | 4 | 1 | 7 |
| 15 | Wang Y | 4 | 1 | 8 |
| 16 | Bakker I | 3 | 19 | 172 |
| 17 | Berlage E | 3 | 3 | 22 |
| 18 | Blanken G | 3 | 0 | 74 |
| 19 | Cadierno T | 3 | 1 | 33 |
| 20 | Ellis AW | 3 | 5 | 49 |

**All-Author List** (1078)

Records: 724, Authors: 1078, Journals: 363, Cited Referen
Yearly output | Document Type | Language | Institution |
|< << < > >> >|

| # | Author | Recs | TLCS | TGCS |
|---|---|---|---|---|
| 1 | Filipovic L | 12 | 44 | 191 |
| 2 | Himmelmann NP | 2 | 29 | 242 |
| 3 | Dumay N | 2 | 22 | 278 |
| 4 | Gaskell MG | 3 | 22 | 288 |
| 5 | Ibarretxe-Antunano I | 10 | 21 | 224 |
| 6 | BOWERMAN M | 1 | 20 | 411 |
| 7 | CHOI S | 1 | 20 | 411 |
| 8 | Bakker I | 3 | 19 | 172 |
| 9 | Forster KI | 2 | 19 | 55 |
| 10 | Janzen G | 5 | 19 | 194 |
| 11 | McQueen JM | 5 | 19 | 194 |
| 12 | Qiao XM | 2 | 19 | 55 |
| 13 | Takashima A | 5 | 19 | 194 |
| 14 | van Hell JG | 6 | 19 | 202 |
| 15 | HUIJBERS P | 1 | 18 | 282 |
| 16 | KEMPEN G | 1 | 18 | 282 |
| 17 | Brown A | 2 | 17 | 107 |
| 18 | Gullberg M | 2 | 17 | 107 |
| 19 | Kopecka A | 3 | 14 | 44 |
| 20 | Harley TA | 6 | 12 | 307 |

**圖 3-5a,b：主題關鍵詞 "Lexicalization" 重要作者 Recs/TLCS 排名**

　　對照 3-5a,b 來看不論是發文量（Recs），還是同領域總引用量（TLCS）排序，作者 Filipovic L 其發文量不僅多，也是同領域總引用量（TLCS）最高的，根據系統的操作可以直接點擊該作者 Filipovic L 的名字，即可出現所有的著作包含期刊名稱、年代等詳細資料。同時藉由 Google Scholar 比對可以幫助研究者進一步了解狀況，以作者 "Filipovic L"（Luna Filipovic）為例任職於英國 "University of East Anglia" 其專長為雙語、心理語言學、應用語言學、法律語言學、語言類型學和翻譯等等，2007年最主要的第一篇論文是 *"Talking about motion: A crosslinguistic investigation of lexicalization patterns"* 已經有 250 次的被引用次

數[11]。如果對比一下圖 3-4a 就可以發現從事 "Lexicalization" 研究的學者，確實將語言學和其它領域進行跨域結合，並著重在認知及心理語言學。

同領域總引用量（TLCS）第二高的作者是 Himmelmann NP（Nikolaus P. Himmelmann）該作者的發文量（Recs）只有兩篇排不入前二十名，但是同領域總引用量有二十九篇，表示作者以 "Lexicalization" 發文少但是在同行的引用量比較高，若輔以跨領域總引用量（TGCS）來看作者的論文，也是獲得跨領域研究者的引用。同樣以 Google Scholar 比對可以得到 Himmelmann NP 任職於德國 "Universität zu Köln" 專長包含南島語語言學、語言類型學、語言文獻學等，2004 年所發表的論文 *"Lexicalization and grammaticizication:Opposite or orthogonal?"* 已經有 741 次的被引用次數[12]。

我們以同樣的操作方法以 "Grammaticalization" 為關鍵詞，得出總數 1,833 位作者，依照發文量（Recs）排序如圖 3-6a，依照同領域總引用量（TLCS）排序如圖 3-6b 共擷取前二十位。

---

[11]　詳見 https://scholar.google.com/citations?user=HdZUeDIAAAAJ&hl=en。
　　詳見 https://research-portal.uea.ac.uk/en/persons/luna-filipovic。
[12]　詳見：https://scholar.google.de/citations?user=G6a-k2cAAAAJ&hl=de。

**All-Author List** (1833)

Records: 2063, Authors: 1833, Journals: 463, Cited F
Yearly output | Document Type | Language | Instituti

|< << < > >> >|

| # | Author | Recs | TLCS | TGCS |
|---|---|---|---|---|
| 1 | Heine B | 23 | 209 | 546 |
| 2 | Rhee S | 17 | 63 | 112 |
| 3 | Breban T | 15 | 63 | 129 |
| 4 | Andrason A | 14 | 5 | 30 |
| 5 | Traugott EC | 14 | 118 | 290 |
| 6 | Petre P | 13 | 32 | 91 |
| 7 | Davidse K | 10 | 33 | 91 |
| 8 | Fagard B | 10 | 21 | 98 |
| 9 | Hilpert M | 10 | 14 | 64 |
| 10 | Tantucci V | 10 | 26 | 87 |
| 11 | Yap FH | 10 | 29 | 94 |
| 12 | Cacoullos RT | 9 | 66 | 164 |
| 13 | Enghels R | 9 | 4 | 12 |
| 14 | Jacques G | 9 | 21 | 107 |
| 15 | Rodriguez CF | 9 | 15 | 22 |
| 16 | Diewald G | 8 | 82 | 145 |
| 17 | Haspelmath M | 8 | 215 | 516 |
| 18 | Lehmann C | 8 | 209 | 450 |
| 19 | Mendez-Naya B | 8 | 0 | 86 |
| 20 | Narrog H | 8 | 16 | 33 |

**All-Author List** (1833)

Records: 2063, Authors: 1833, Journals: 463, Cited Referenc
Yearly output | Document Type | Language | Institution | Ins

|< << < > >> >|

| # | Author | Recs | TLCS | TGCS |
|---|---|---|---|---|
| 1 | Haspelmath M | 8 | 215 | 516 |
| 2 | Heine B | 23 | 209 | 546 |
| 3 | Lehmann C | 8 | 209 | 450 |
| 4 | Himmelmann NP | 4 | 129 | 266 |
| 5 | Traugott EC | 14 | 118 | 290 |
| 6 | Schwenter SA | 5 | 90 | 176 |
| 7 | Kuteva T | 5 | 86 | 255 |
| 8 | Diewald G | 8 | 82 | 145 |
| 9 | Cacoullos RT | 9 | 66 | 164 |
| 10 | Breban T | 15 | 63 | 129 |
| 11 | Rhee S | 17 | 63 | 112 |
| 12 | Boye K | 4 | 61 | 186 |
| 13 | Harder P | 8 | 61 | 185 |
| 14 | Bisang W | 5 | 59 | 120 |
| 15 | Degand L | 5 | 57 | 130 |
| 16 | Trousdale G | 5 | 56 | 126 |
| 17 | Tagliamonte SA | 7 | 51 | 289 |
| 18 | Noel D | 5 | 49 | 116 |
| 19 | Kaltenbock G | 3 | 38 | 108 |
| 20 | Romaine S | 3 | 38 | 217 |

圖 3-6a,b：主題關鍵詞 "Grammaticalization" 重要作者
Recs/TLCS 排名

　　對照圖 3-6a,b 來看，不論是發文量（Recs）還是同領域總引
用量（TLCS）排序，重要的作者排序不太一樣。Heine B
（Bernd Heine）的發文量（Recs）有 23 篇位居第一，同領域總
引用量（TLCS）有 209 篇位居第二，表示 Heine B 的論文質、量
都受到同行高度認可，從系統所示 Heine, B. (2013) "On discourse
markers: Grammaticalization, pragmaticalization, or something else?"
*Linguistics*, 51(6). https://doi.org/10.1515/ling-2013-0048 這篇文章
的同領域引用量（LCS）有 52 篇，表示在同行的研究論文中

Heine B 不僅是重要的作者，該篇論文更是此研究領域內的重要文獻。

作者 Haspelmath M（Martin Haspelmath）、Lehmann C（Christian Lehmann）兩位其發文量（Recs）排名第十七位共有 8 篇論文，第十八位共有 8 篇論文。但是 Haspelmath M 的同領域總引用量（TLCS）高居第一共有 215 篇，Lehmann C 位居第三共有 209 篇，表示這兩位作者雖然發文量少，但是所發的論文是高度受到同領域引用，再看跨領域總引用量（TGCS）分別是 516 篇和 450 篇，證明兩位作者也受到跨領域的重視。同樣以 Google Scholar 比對可以得到 Haspelmath M 任職於德國 "Max Planck Institute for Evolutionary Anthropology and Leipzig University" 專長包含比較語言學、語言類型學、語法學等，1999 年所發表的論文 *"Why is grammaticalization irreversible?"* 已經有 801 次的被引用次數[13]，Lehmann C 是德國 "University of Erfurt" 的退休教授他的專長是描述語言學，主要是拉丁語和瑪雅語、歷時和類型學。其餘的幾位作者 Himmelmnn NP、Traugott EC（Elizabeth Closs Traugott）[14]都是 TLCS/TGCS 受到高度引用的學者。

總結來說，跨領域總引用量（TGCS）的作者，都可以看到他們的研究方向不僅僅只是語言結構，更是注重跨語言田野調查、對比語言學、類型學及歷時、共時語言研究。未來不論是進行詞彙化、語法化研究，更應該從宏觀的角度考量語言變化的歷

---

[13] 詳見：https://scholar.google.de/citations?hl=en&user=JoLnQhwAAAAJ。

[14] 詳見：https://web.stanford.edu/~traugott/。

程與發展。

3. 引文編年圖（引證關係圖）：Histcite 有一個特色功能，
也就是可以讓研究者看到歷年最重要的文章是哪幾篇？圖
形中圓形的大小表示該篇論文的重要性，箭頭之間展示了
論文引用的情況，達成縱向、橫向都清楚可知（吳佳芬
2019）。其操作過程如下圖 3-7a,b。圖 3-7a 直接選擇
"Graph Maker..." 接著圖 3-7b 選擇同領域引用量
（LCS），然後選擇"Limit"也就是指在所蒐尋的總文
獻量（Records）中要抽選多少篇論文，以主題關鍵詞
"Lexicalization"為例總論文量共有 724 篇（Records），
我們在此只選擇歷年最有影響力的二十篇，最後則形成了
圖 3-8（請同時參照附圖一）。

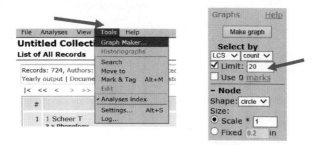

**圖 3-7a,b：引文編年圖操作過程**

```
Nodes: 20, Links: 15
LCS, top 20; Min: 6, Max: 29 (LCS scaled)
```

|  |  | LCS | GCS |
|---|---|---|---|
| 1. | 16 KEMPEN G, 1983, COGNITION, V14, P185 | 18 | 282 |
| 2. | 25 CHOI S, 1991, COGNITION, V41, P83 | 20 | 411 |
| 3. | 34 HARLEY TA, 1993, LANG COGNITIVE PROC, V8, P291 | 7 | 127 |
| 4. | 96 Gaskell MG, 2003, COGNITION, V89, P105 | 20 | 265 |
| 5. | 102 Himmelmann NP, 2004, TRENDS LINGUIST-STUD, V158, P21 | 29 | 242 |
| 6. | 103 Lehmann C, 2004, Z GER LINGUISTIK, V32, P152 | 9 | 88 |
| 7. | 127 Paribakht TS, 2005, LANG LEARN, V55, P701 | 9 | 48 |
| 8. | 149 Filipovic L, 2007, INT J SPEECH LANG LA, V14, P245 | 6 | 38 |
| 9. | 167 Bohnemeyer J, 2007, LANGUAGE, V83, P495 | 11 | 88 |
| 10. | 175 Trousdale G, 2008, TOP ENGL LINGUIST, V57, P33 | 8 | 50 |
| 11. | 216 Brown A, 2010, COGN LINGUIST, V21, P263 | 7 | 44 |
| 12. | 224 Kopecka A, 2010, STUD LANG C, V115, P225 | 8 | 14 |
| 13. | 242 Chen CT, 2010, APPL LINGUIST, V31, P693 | 6 | 78 |
| 14. | 259 Brown A, 2011, BILING-LANG COGN, V14, P79 | 10 | 63 |
| 15. | 266 Filipovic L, 2011, INT J BILINGUAL, V15, P466 | 19 | 69 |
| 16. | 329 Qiao XM, 2013, J EXP PSYCHOL LEARN, V39, P1064 | 11 | 32 |
| 17. | 342 Lai VT, 2014, BILING-LANG COGN, V17, P139 | 8 | 26 |
| 18. | 344 Takashima A, 2014, NEUROIMAGE, V84, P265 | 6 | 70 |
| 19. | 352 Bakker I, 2014, J MEM LANG, V73, P116 | 9 | 48 |
| 20. | 450 Qiao XM, 2017, COGNITION, V158, P147 | 8 | 23 |

## 圖 3-8：主題關鍵詞 "Lexicalization" 引文編年圖
## （請同時參照附圖一）

　　引文編年圖以圓圈大小表示該論文的 LCS，圓圈內的數字是系統按照論文發表的年代所編排的順序，以箭頭方向表示引文關係。例如：102 號的 LCS 最高所以圓圈最大，而 175 號引用了102 號。同樣的圖 3-8（請同時參照附圖一）中 96 號的論文有450 號、329 號、344 號、352 號四篇論文引用。我們可以再仔細看一下引文編年圖期刊的前二十位，*Cognition* 占了四名完全與圖 3-4a 的結果一致。引文編年圖可以清楚知道重要期刊、論文的發表年代、作者及論文之間的引文關係，非常方便研究者順藤

摸瓜。主題關鍵詞"Grammaticalization"的引文編年圖操作亦同圖 3-7a,b，結果如下圖 3-9（請同時參照附圖二）。根據 LCS 圓圈最大的是第 19 號文章，其發表年代、作者、引文關係都可以直觀所見。同樣的也見到了引文編年圖期刊的前二十位，*Linguistics* 占了四名完全與圖 3-4b 的結果一致。

```
Nodes: 20, Links: 33
LCS, top 20; Min: 29, Max: 151 (LCS scaled)
```

| | | LCS | GCS |
|---|---|---|---|
| 1. | 19 LEHMANN C, 1985, LINGUA STILE, V20, P303 | 151 | 328 |
| 2. | 26 LICHTENBERK F, 1991, LANGUAGE, V67, P475 | 29 | 107 |
| 3. | 27 ROMAINE S, 1991, AM SPEECH, V66, P227 | 31 | 206 |
| 4. | 29 RAMAT P, 1992, LINGUISTICS, V30, P549 | 29 | 60 |
| 5. | 32 HEINE B, 1992, STUD LANG, V16, P335 | 32 | 72 |
| 6. | 49 SCHWENTER SA, 1994, STUD LANG, V18, P71 | 34 | 66 |
| 7. | 85 Haspelmath M, 1998, STUD LANG, V22, P315 | 70 | 127 |
| 8. | 101 Haspelmath M, 1999, LINGUISTICS, V37, P1043 | 111 | 221 |
| 9. | 199 Heine B, 2003, STUD LANG, V27, P529 | 44 | 142 |
| 10. | 233 Himmelmann NP, 2004, TRENDS LINGUIST-STUD, V158, P21 | 116 | 242 |
| 11. | 241 Lehmann C, 2004, Z GER LINGUISTIK, V32, P152 | 44 | 88 |
| 12. | 318 Traugott EC, 2007, COGN LINGUIST, V18, P523 | 33 | 93 |
| 13. | 327 Noel D, 2007, FUNCT LANG, V14, P177 | 40 | 74 |
| 14. | 400 Schwenter SA, 2008, LANG VAR CHANGE, V20, P1 | 34 | 68 |
| 15. | 430 Traugott EC, 2008, TRENDS LINGUIST-STUD, V197, P219 | 55 | 120 |
| 16. | 635 Diewald G, 2011, LINGUISTICS, V49, P365 | 79 | 120 |
| 17. | 660 Kaltenbock G, 2011, STUD LANG, V35, P852 | 38 | 107 |
| 18. | 784 Boye K, 2012, LANGUAGE, V88, P1 | 38 | 96 |
| 19. | 908 Heine B, 2013, LINGUISTICS, V51, P1205 | 52 | 94 |
| 20. | 1031 Degand L, 2015, J HIST PRAGMAT, V16, P59 | 35 | 55 |

**圖 3-9：主題關鍵詞"Grammaticalization"引文編年圖（請同時參照附圖二）**

　　Histcite 主要是抽取 WOS 文獻計量的工具，優點就是具備數據量化、文獻關係，而其缺點就是無法進行視覺化的呈現，下一

段我們將透過 Histcite 先進行計量分析，接著以 VOSviewer [15]處理視覺化表現。

4. 關鍵詞聚類分析：Histcite 不善於關鍵詞的關聯性及視覺化呈現，因此必須借助 VOSviewer 兩者搭配運用才能達到最佳的效果。VOSviewer 支援 WOS、Scopus、Dimenstions、PubMed 資料庫，所以繼續沿用上述各節 Histcite 輸出的 .txt 為資料，以關鍵詞主題 "Grammaticalization" 為例其步驟為圖 3-10 的順序。首先打開 VOSviewer 可以看到 "Create"（A）點擊後出現 "Choose Type of Data"（B）然後再導入原先 WOS 的.txt 文件（C），再選擇第二個根據文獻資料進行關鍵詞共現分析（D）。

---

15　詳見：https://www.vosviewer.com/。

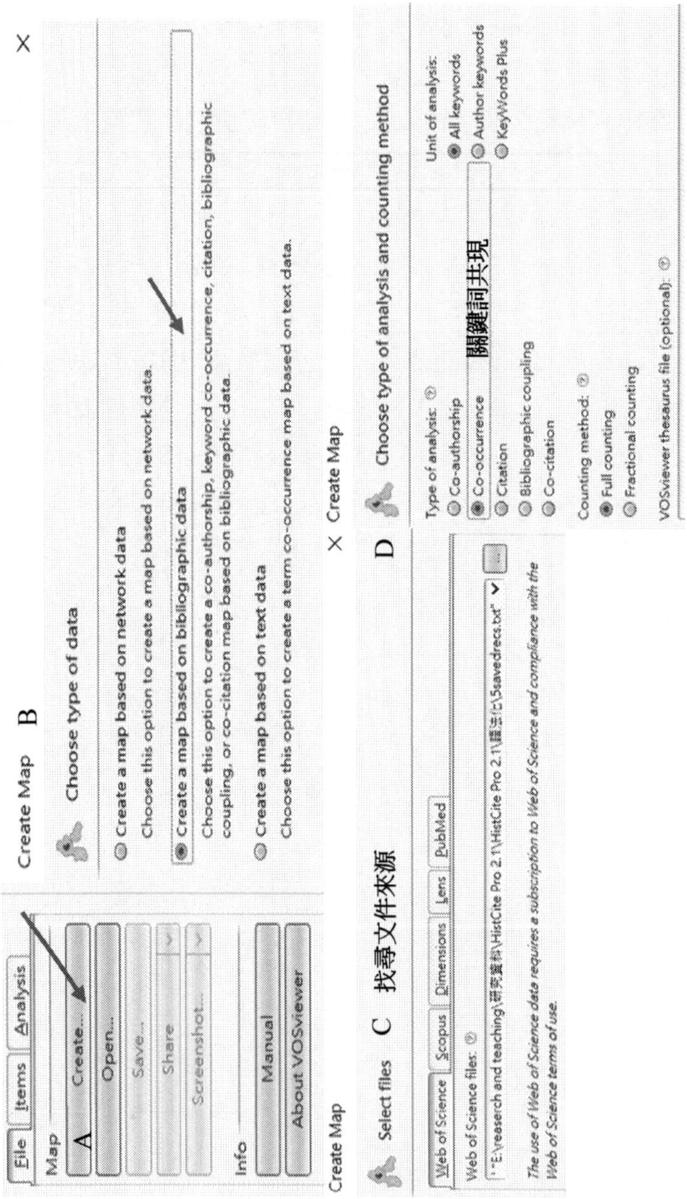

Create Map

**A**

File | Items | Analysis

Map
Create...
Open...
Save...
Share
Screenshot...

Info
Manual
About VOSviewer

Create Map　**B**

Choose type of data

- Create a map based on network data
  Choose this option to create a map based on network data.
- Create a map based on bibliographic data
  Choose this option to create a co-authorship, keyword co-occurrence, citation, bibliographic coupling, or co-citation map based on bibliographic data.
- Create a map based on text data
  Choose this option to create a term co-occurrence map based on text data.

× Create Map

**C**　找尋文件來源

Select files

Web of Science | Scopus | Dimensions | Lens | PubMed

Web of Science files:
"E:\research and teaching\研究資料\HistCite Pro 2.1\HistCite Pro 2.1\匯出\c\5savedrecs.txt"

The use of Web of Science data requires a subscription to Web of Science and compliance with the Web of Science terms of use.

× Create Map　**D**

Choose type of analysis and counting method

Type of analysis:
- Co-authorship
- Co-occurrence　關鍵詞共現
- Citation
- Bibliographic coupling
- Co-citation

Counting method:
- Full counting
- Fractional counting

VOSviewer thesaurus file (optional):

Unit of analysis:
- All keywords
- Author keywords
- KeyWords Plus

圖 3-10：主題關鍵詞 "Grammaticalization" VOSviewer 操作步驟

完成圖 3-10D 的步驟之後，系統將會出現在以關鍵詞主題 "Grammaticalization" 中有 4,254 個關鍵詞，而最少使用出現數量 5 次的關鍵詞有 266 個。需要注意的是最少使用出現數量的值，可由使用者自訂（系統默認 5 次）。而為了不讓整個關鍵詞的關係圖過於密集，而導致無法看到高度重要的關鍵詞，我們選擇最少使用出現數量 10 次的關鍵詞有 107 個。

經由以上大致的步驟之後，系統將會出 "Verify Selected Keywords" 也就是可以讓使用者選擇剔除一些不相關的關鍵詞，VOSviewer 提供三種視覺化視圖包括：Network Visualization（聚類視圖）、Overlay Visualization（標籤視圖）、Density Visualization（密度視圖）。聚類視圖可以完整呈現以主題關鍵詞 "Grammaticalization" 中各類關鍵詞之間的團簇（Cluster）如圖 3-11 及附圖三[16]。

---

[16] 圖中所標註的點之後將做說明，圖 2-12 亦同。

**圖 3-11：主題關鍵詞 "Grammaticalization" 中
各類關鍵詞的聚類視圖（搭配附圖三）**

主題關鍵詞 "Grammaticalization" 中的所有關鍵詞可以分為七個團簇（圖 3-11）（Clusters），而圓圈的大小（參見附圖三）表示最少出現的數量，由於我們設定為十次，所以圖 3-11 和附圖三中的圓圈都表示大於十次以上。不同的聚類用不同的顏

色表示，透過每個單獨的聚類可以發現研究議題的團體。線條之間的遠、近表示關鍵詞之間的聯繫，粗、細表示關鍵詞之間的相關性強度（參見附圖三）。

　　可以看出，Cluster1 主要針對主題關鍵詞"Grammaticalization"比較特定的語言結構、分析方法的計量基於"Aspect"、"Tense"、"Copula"、"Passive"和"Typology"、"Realysis"、"Semantics"、"Corpus Linguistics"、"Historical Linguistics"、"Pragmaitcs"；Cluster2 主要是演變"Evolution"、使用"Usage"及詞彙學"Morphology" 發展演變及習得規律"Lexicalization"、"Acquisition"、"Emergence"等；Cluster3 則是和"Discourse Markers"、"Subjectivity"、"Conversation"、"Pragmaticalization"語用、言談的議題相關；Cluster4 是一些特定的詞類或是語言和 Cluster1 一些關鍵詞的連結，像是"Adverbs"和 Cluster1 的"Tense"、"Corpus"、"Romance"、"Reanalysis"的關聯性。又如："Modality"和 Cluster1 的"French"、"Semantics"、"Aspect"有關聯性，並又和 Cluster3 "Coversation"、"Markers"、"Politeness"亦有重疊關聯；Cluster5 則是和"Construction Grammar"（構式語法）相關的關鍵詞"Construction"、"Frequency"、"Diachrony"等相關；Cluster6 和 Cluster7 都是處在聚類視圖的外圈，表示離關鍵主題詞"Grammaticalization"的連結性較低，像是"Expressions"、"Intencifiers"、"Stuff"等，但是跟別的 Cluster 會有相關聯性。如："Adjective"和 Cluster1 的"Semantics"、Cluster2 的"Morphology"、Cluster3 的

"Discourse"有直接的關聯性。聚類視圖的好處是直觀的展現在整個主題關鍵詞之中，各類關鍵詞之間的團簇以及相關性強度，方便研究者針對相關的研究方向進行周邊議題的討論。圖 3-12 和附圖四是主題關鍵詞"Lexicalization"中各類關鍵詞的聚類視圖，最少使用出現數量同樣設定為十次。結果在 2,287 個的關鍵詞，而最少使用出現數量十次的關鍵詞有 53 個。如下：

圖 3-12：主題關鍵詞"Lexicalization"中各類關鍵詞的聚類視圖
（搭配附圖四）

主題關鍵詞"Lexicalization"中的所有關鍵詞可以分為 3 個團簇（Clusters），相較於上述"Grammaticalization"的 7 個團簇，圖 3-12 顯得更加集中。Cluster1 傾向與"Acquisition"、"Perception"、"Memory"、"Knowledge"、"Recognition"這些認知心理有關的關鍵詞連結；Cluster2 主要是特定的概念和語言"Conceptualization"、"Manner"、"Motion Events"、"Path"和"Japanese"、"Spanish"、"English"等；Cluster3 是關鍵詞"Lexicalization"和相關的學科議題"Grammaticalizaion"、"Construction Grammar"、"Typology"、"Morphology"、"Lexicalization Petterns"的關聯。同樣的每一個關鍵詞都會涉及不同團簇之間的連結，像是 Cluster3 的關鍵詞"Typology"則和 Cluster1 的關鍵詞"Perception"，Cluster2 的關鍵詞"English"、"Spanish"、"Manner"、"Motion Event"，Cluster3 的關鍵詞"Metaphor"、"Grammaticalizaion"有關聯性。

## 3.3 本章結論

本章透過質化與量化的方式，揭示了詞彙化、語法化的過去、現在與未來的研究趨勢總結如下：

首先，對於語言研究需儘量顧及到歷時、共時的二軸原則，優點是兼顧時間上的靜態片段與連續變化。因此，之後對於詞彙化、語法化理論的討論和分析，我們都將儘可能的從二軸視角進行語言研究。其次，3.2.1 節引入了 Histcite 文獻計量方法及 VOSviewer 視覺化探索。有別於一般的文獻探討、整理，Histcite

藉由抽取 WOS 資料庫的文獻進行計量分析，系統可以顯示
"Records"、"Authors"、"Journals"、"Yearly Output" 等
功能。除此之外，藉由 TLCS/LCS/GCS/TGCS 等指標可以看到，
該論文被哪些論文引用，由此可知該論文是否為重要關鍵的論
文。接著經過一連串的操作處理後 3.2.2 節結合了 Histcite 和
VOSviewer，將文獻計量透過視覺化的呈現，而我們主要觀察：
重要期刊、重要作者、引文編年圖與關鍵詞聚類分析。藉由文獻
計量法的分析與討論，可以回答在本書第二章的結論和本章開頭
的問題：詞彙化、語法化理論框架下，這些引文、作者及關鍵詞
之間的關聯性反應什麼學術視點？

　　關於重要期刊：按照 TLCS 排名（見圖 3-4a,b）期刊
*Cognition* 不僅是 TLCS 最高，也是 TGCS 最高，顯示
"Lexicalization" 的議題屬於高度跨領域、跨學科的研究；而期
刊 *Linguistics* 則是在 "Grammaticalization" 最受到同行注目。另
外，也看到了亞洲兩本重要的期刊 L&L、JCL，都出現在 Recs 排
名前 20 的名單上，足以凸顯了亞洲語言學研究的重要性。

　　關於重要作者：從圖 3-5a,b 來看學者 Fillpovic L 在
"Lexicalization" 領域中 Recs/TLCS 都是發文量最多，同時論文
也受到高度引用。TLCS 排名第二的作者是 Himmelmann NP，雖
然其發文量 Recs 較少但是論文品質受到同行注意，所以 TLCS 較
高。圖 3-6a,b 則是以主題關鍵詞 "Grammaticalization" 所呈現最
重要作者的結果，學者 Heine B 不論是 Rece/TLCS，都是該研究
領域中的頂尖學者，依序還有 Haspelmath M、Lehmann C、
Himmelmann NP、Traugott EC 都是位居 TLCS 前五名。由重要作
者的背景來看，從事 "Lexicalization" 和 "Grammaticalization"

研究的學者，都具備跨領域的條件，擴及了比較語言學、類型學、心理語言學等領域。藉此也提醒研究者和從事相關的研究議題時，應具備跨領域的視野。

關於引文編年圖：參見圖 3-8（請同時參照附圖一）、圖 3-9（請同時參照附圖二），可以清楚的見到各個年代中最有影響力的論文，以主題關鍵詞 "Lexicalization" 來說，自 1983 年到 2017 年共有 20 篇 LCS 最高的論文，而 20 篇論文中有 4 篇論文都發表在期刊 *Cognition*，這個結果和前述重要期刊的排序一致；而以主題關鍵詞 "Grammaticalization" 而言自 1985 到 2015 年 LCS 最高的論文，同樣有 4 篇論文都發表在期刊 *Linguistics*，亦和前述重要期刊的排序一致。

關於關鍵詞聚類分析：因為 Histcite 只能單獨做文獻計量，所以必須藉由 VOSviewer 呈現視覺化效果操作步驟如圖 3-10。透過 VOSviewer 主題關鍵詞 "Grammaticalization" 可分為 7 個團簇，並涉及了特定的語言結構、演變和習得規律、語用和言談議題、特定詞類等（見圖 3-11、附圖三），所討論的範圍較廣因此各家研究者發展出多樣、多元的面貌，而以主題關鍵詞 "Lexicalization" 可分為 3 個團簇主要涉及認知心理、特定概念和語言、跨學科議題（見圖 3-12、附圖四），對比之下顯得較為集中也較容易得到共識。

最後對照本章圖 3-11、圖 3-12 所標註的關鍵詞，大多能釐清這些關鍵詞在第二章中所歸屬的動因、機制、原則、條件、假設、差異與視角。透過文獻計量方法和質化討論，能對詞彙化、語法化的概念框架有了更清晰的輪廓，之後的兩章將透過語料進行討論分析。

　　本章的主要缺點是未盡中文文獻之全貌，由於 Histcite 只支援特定的 WOS 資料庫以及英文文獻，所以對於相關的中文文獻掌握不夠全面，未來盼能藉由「臺灣期刊論文索引系統」、「中國知網」（CNKI）對於中文文獻計量有更全面的討論和分析。

# 第四章
# 臺灣華語語音象徵詞之詞彙化轉類

　　本書的第二章 2.1.1 節從共時和歷時角度陳述了詞彙化的定義與概念，並將之定義為：共時觀點詞彙化是概念的表現和語法之間產生的關連，進而形成一個格式化（Formalized）；歷時詞彙化是說話者所使用的語法結構，或是構詞方式形成一個新的形式內容，而其形式或是語意是無法衍生或是推知的，隨著時間的推移逐漸喪失內部的成份功能而成為詞彙。

　　本章從語音象徵詞（Sound Symbolism）[1]入手，分析語音象徵詞轉類後所呈現的語法功能，並同時觀察內部結構的變化。首先從擬聲、方言諧音及英語音譯詞的入句轉類，透過新聞及口語語料觀察，討論入句後詞彙化現象並賦予新的用法，藉此呼應第二章詞彙化的概念、機制與條件[2]。

---

[1]　中文的翻譯有語音象徵、擬態語、語音表意，其定義如下：Hinton, L., Nichols, J., & Ohala, J. J.（2006：2-3）Sound symbolism is the direct linkage between sound and meaning. Human language has aspects where sound and meaning are completely linked, as in involuntary utterances such as cries of pain or hiccups. 本文的語音象徵包含擬聲、諧音、音譯、拼字母詞（Spelling Acronym）。

[2]　本章部分內容已發表於馬來亞大學中國研究所期刊，2017 年《當代中國研究期刊》（Contemporary China Studies），第四輯第一期頁 25-45，

## 4.1 臺灣華語的定義和概念

關於臺灣華語的定義，鄭良偉（Cheng1985）指出臺灣華語是在多數人的共同母語影響下，以北京官話為目標語所發展出的「中介語」（Interlanguage）。因此對於臺灣第一代人（1950 前出生）而言類似「涇濱語」（Pidgin），傳承到第二代則成為「克里奧爾語」（Creole），也才正式成為新興的語言（引自何萬順 2009）。由此可知，臺灣華語是一種經由語言接觸後所融合的語言變體。湯志祥（2004）指出華語內部的差異分佈最顯著的是地域性，講各地華語的人不僅能從口音上而且也能從詞彙和詞義的層面上，覺察出其所代表不同的區域。這種現象就如同英語內部存在著美國英語、英國英語以及加拿大英語及澳洲英語一樣。

何萬順（2009、2010）全面性的從語法、語音、詞彙及族群分佈來探討臺灣華語的特殊用法，並引述姚榮松（2000）的說明，該文通過報刊等文字媒體觀察臺灣的新詞語，認為臺灣的詞語應細分為兩類：第一類來源為閩南語或日語、粵語借詞，但均已被臺灣華語吸收（如：阿兵哥、矮化、擺平、慘兮兮、打拼、歌仔戲、古早等等）；第二類文字即帶有方言詞或構詞之特徵（阿母、阿祖、伴手、保庇、才調、查甫囝、厝邊、歹命、讀冊、古錐等）。

顏秀珊（2008）對臺灣華語中的方言詞進行較深入的考察。

---

題為〈聲情入句與語言變異──以兩岸語料庫為本〉。其後增益、刪減成為本章內容。

該文主要依據是詞彙文化的來源，將臺灣華語分作：復古詞（鐵馬、幼齒、夭壽）、文化詞（辦桌、肉圓、頭家）、外來詞（阿殺力、媽媽桑、運將），並兼論各種的構詞方式。文中認為臺灣華語與閩南語的融合過程有幾個重要現象：方言詞增加華語詞彙的豐富性、提高詞類轉用的頻率、詞彙語意由單義走向多義、方言學習的混淆與學術研究的阻礙（訛用字）。

　　除了臺灣華語的多元面貌之外，關於這些華語變體的文獻近五年來有相當多的著作出現如：陸儉明（2018）則是全面的討論新加坡華語語法中的詞類變化、特殊雙賓句、比較句式等。王曉梅（2021：260）探討了馬來西亞華人社會語言的變異，包含華語和福建話、廣東話、客家話等的語言接觸，使得華語的聲調受到方言入聲影響產生了第五聲、詞彙借用、語法複製等現象。除了新加坡、馬來西亞。田小琳、石定栩、鄧思穎等（2021）發布了《全球華語語法・香港卷》討論了港式中文外來詞的構詞、港式中文的實詞活用（名詞活用、動詞活用、形容詞活用）、港式中文的虛詞活用（副詞用為形容詞、擬聲詞用為名詞）等全書共32萬字，可謂是當前研究全球華語語言變體的重要著作。

　　從以上的簡述，我們可知臺灣華語的詞彙是由多元語言和文化交織而成。有別以往研究詞彙時將焦點放在各種詞彙分類、詞彙文化、詞彙語源的研究，本文藉由臺灣華語的詞彙討論入句後所呈現的語法功能，主要涉及詞擬聲、方言諧音和英語音譯詞在句中的詞彙化轉類表現。

## 4.2 擬聲、諧音詞、音譯、減縮詞彙轉類

　　第一章圖 1-2 呈現了漢語語言學「文法」知識體系的細化，本節中將使用基於語言學基礎的面向，以語言結構來定義「轉類」（Conversion）是詞彙化經由零衍生（Zero derivation），從現有的單詞創建另一個新詞類的概念，而非帶有修辭或是章法的文學表達技巧。在第二章 2.1.1 節至 2.1.2 節已經提到詞彙化是「概念範疇編碼」（Coding）而形成一個格式化（Formalized），其機制是基於組塊的心理過程，具備音系變化、融合為複合詞、產生新的語意等條件。

　　我們認為擬聲詞、諧音詞及音譯詞在詞類的歸屬裡一般被認為是「虛詞」，而其結構本身已經具備高度詞彙化的特性，完全符合「詞彙完整準則」（Lexical Integrity Principle）、格式化、組塊的特徵。同時在語言的使用中，展現了這些詞類從原先被認為的「虛詞」轉類為「實詞」的現象。

　　「擬聲詞」（Onomatopoeia）也叫「象聲詞」、「擬音詞」其作用是模仿人、事、物的聲音，擬聲的目的是借用其聲使語言更加生動、活潑，但是不如名詞、動詞的具體，傳統上將擬聲詞歸入虛詞中。但也有學者注意到擬聲固然是一種模擬，然而在語句中仍具有語法功能。邵敬敏（1981）指出擬聲詞不僅有自己的內部體系，語法功能也形成自己的特點。如：重疊式擬聲「忽隆忽隆」、「滴滴答答」屬於詞的內部重疊；但把這些詞放入句中就能體現其功能，如：「他叮噹地敲了一下」、「緊急時用肥皂擦了車軸，就不吱呀了」。前句是「叮噹」當作狀語，後者是「吱呀」作謂語。該文注意到擬聲詞具有內部重疊及外部功能，

並認為將擬聲放入虛詞的說法有待商榷。簡單的說，擬聲是一種語用表達可以轉類擔任語法功能角色，因此不宜與其它詞類並列。而轉類的目的是：因為臨時借用，將某類詞改用為另一類詞（邢福義、汪國勝 2003）[3]。黃伯榮、廖序東（2011）的看法亦同，他們認為在特定的語境下為了表達需要而將詞類轉用。

　　基於上述本節將各述：擬聲、方言諧音、音譯詞、減縮詞的詞彙化轉類，並解釋詞彙結構及語法功能。

### 4.2.1 委婉擬聲轉類

　　邢福義（2004）稱「擬音詞」這類詞可以「獨用」，如：「碰碰碰！街口上傳來槍聲」為「句首獨用」，亦可「入句」如：「他不禁發出唉呦唉呦的叫喚聲」當作定語。這類詞的任意性很大，語音表現不一且受語用環境影響。邢福義（2004）所觀察到的是詞彙出現在語句中的位置，進而體現語法功能。邵敬敏（1981）舉了諸多擬聲轉類的例子，摘舉如下：

(1)　他噗嗤笑了－他噗嗤地笑了。

(2)　牛大水心裡噗通噗通直跳。

(3)　嘰嘰喳喳的姑娘們跑過來。

(4)　他在咕咕噥噥。

(5)　轟隆轟隆的，像在打雷。

(6)　說起話來舌頭直打嘟嚕。

　　例(1)-(3)這些擬聲詞帶「地」和「的」標記形成狀語或定語。例(4)不像例(1)-(3)帶有詞類標記，而必須靠詞彙在句中的位

---

3　該文中使用「活用」其概念和定義與「轉類」相同。

置判斷其語法功能，例(4)「咕咕噥噥」出現進行動貌標記「在」當作謂語使用；例(5)(6)分別是當名詞化（Nominalization）的主語以及賓語。從上面的用例來看擬聲轉類，必然建立在語用言談（Pragmaticalization）的基礎上，因為人類的溝通不可能只是個別單詞而是整句。有的學者認為「擬聲詞」即便可在句中承擔語法功能，但也只是聲音的描摹，是一種「過程意義」因此並不主張給予「詞性」的身份（伍靜芳 2009）如下用例：

(7)　雪白的豆腐在沙鍋裡快樂地**咕嘟**著。

(8)　小鍋裡放入熱水等水開了再放肉進去，**咕嘟**一會把肉裡的血和髒東西逼出來。

該文中認為例(7)的擬聲詞在句中作謂語，但卻沒有行為意義及可控性，因此不具動詞化特性；但是例(8)可以推測出未出現的主語具有控制行為，所以可以看作是動詞性。

我們認為「擬聲詞」雖然是藉由語音擬態，但是其擬態的作用在句中也必然具備語法功能，像例(7)「咕嘟」是擬態水滾的聲音，但是帶了持續動貌標記「-著」，這種水沸而滾動的樣態指涉的是主語「豆腐」，確實也符合動詞的特性。因此，我們大抵只能說擬聲詞與典型的詞類（名詞、動詞等）相較，擬聲轉類的詞性仍屬邊緣特徵。除了日常「顯而易見」的擬聲詞之外，有些擬聲詞卻是「隱而不顯」，其原因是委婉代用更能生動展現其動作、事態。如下例：

(9)　「**嘿咻**」有 5 大益處！研究：女性護心、男性防攝護腺癌。（自由時報/自由健康網 2022/06/27）

(10) 李四<sup>4</sup>吃麻辣狂<u>嘿咻</u>催生二胎。（Hinet 生活誌 2022/07/28）

(11) 天天<u>嘿咻</u>女求分手。（蘋果日報 2014/9/18）

(12) 少女上摩鐵<u>嘿咻</u> 4 次致懷孕家長氣炸。（蘋果日報 2022/06/19）

(13) 如果另一半不喜歡<u>嘿咻</u>怎麼辦？（FHM）

　　從字形來看「嘿咻」是形聲字，一般用以表達動作進行時所發出的呼喊聲。但某些動作不便直接說出，所以只好以「擬聲替代」包裝語意，而且從內部結構來看這種擬聲已經具備高度的詞彙化，其結構就是複合詞，同時如第二章 2.4.1 節 Packard（2000：222）提及詞彙化類型中的一種：整個詞的隱喻（Word Metaphorical Lexicalization）意指語素之間仍然保有自己的基本意涵（Non-metaphorical）而隱喻是以整個複合詞而論[5]。例(9)是「嘿咻」出現在句首當作主語；例(10)-(12)都是當作謂語，例(10)受程度副詞「狂」修飾表達狂熱地「嘿咻」；例(11)頻率副詞「天天」修飾表示經常性的動作；例(12)則是謂語後帶次數補語表示動量，例(13)則是「嘿咻」當作動詞「喜歡」的名詞賓語。上面諸例展現擬聲詞基於委婉語用表達，藉由隱喻呈現詞彙化的類型。

---

[4] 　為了保護新聞當事人，文中一律以「李四」、「張三」、「王五」標示人名。

[5] 　我們認為 Packard（2000）稱為隱喻詞彙化有待商榷，如果隱喻是具體代替抽象，而轉喻是基於語言的相鄰性，透過聯想一個相關的概念來指稱另一個概念的話。那麼「嘿咻」與下例「啾咪」更像是一種轉喻的詞彙化，可參見第二章表 2-3 的論述。

　　「嘿咻」除了在句中承擔語法功能外，也符合動詞所具備的部分特性。例如能夠帶動貌標記、也能放入正反問句中，如下：

(14) 6 成大學生**嘿咻**過！6 人魯蛇幫「心酸抗議」。
（ETtoday 新聞雲 2017/08/23）

(15) 別想那麼多了，今天你**嘿咻**了沒有？（東方財富網 2014/10/9）

(16) 即時亮點：5 歲脫光躲廁所在**嘿咻**。（蘋果日報 2014/2/25）

(17) 對年輕的男人而言**嘿不嘿咻**是蠻重要的指標喔！
（信誼奇蜜親子網 2003/3/6）

　　例(14)(15)分別帶經驗動貌標記「-過」及完成動貌標記「-了」，但是卻不能帶持續動貌標記「-著」，原因是動詞的次類不同。據湯廷池（1989：1-42）和屈承熹（2010：36-50）的界定，一般的動作動詞可以帶動貌標記「-了」、「-著」、「-過」，但是狀態動詞（懂、認真、乾淨），因為本身表示靜態或情境，這些動詞與持續體「-著」有語意衝突，由此可知例(14)(15)都是動作動詞。除此也可以搭配進行動貌標記「在-」，進行體所表達的是某一時點正在進行的行動或事件（屈承熹 2010），所以例(16)表示說話的當時正在進行「嘿咻」。

　　上述的各例「嘿咻」完全符合詞彙化的條件：即融合為複合詞的特點，但是例(17)涉及了詞法到語法的問題。徐傑、田源（2009）稱這類「A 不 AB」的句型稱為反復問句，其特點是可以違反「詞語完整律」（Principle of Lexical Integrity），這些類

型主要分佈在中部和南方方言[6]。按此例(17)將「嘿咻」分解為「嘿不嘿咻」，也就是語言使用者自然地把「嘿咻」當短語（Phrase）看待，就如「幽不幽默」一樣。從詞彙結構核心而論Packard（2000：225）指出「核心原則」（Headedness Principle）即：雙音節的動詞一定有個動詞性成分在左；名詞一定有個名詞性成分在右，並可以透過「A-不-A」找出詞彙核心（Head）。回顧第二章 2.1.2 節董秀芳（2002b：40-47）認為認知心理的組塊過程使得原來分立的單位變得互相依賴，促成了詞彙化的產生。如上述各例，顯然對於說話者而言「嘿不嘿咻」已經把「嘿」當作一個動詞成分，就如「幽不幽默」一樣成了離合用法。

除了「嘿咻」還有一個「啾咪」也是擬聲詞彙化的例子。最初「啾咪」是網路用語，在他人或自身發文後用以表達可愛、親嘴的樣貌。但是越來越多將「啾咪」當作複合詞的用法。如下：

(18) 張三偷襲，**啾咪**李四 3 次。（奇摩新聞 2014/12/19）

(19) 阿花對李四**想啾咪就啾咪**。（中時電子報 2014/11/10）

(20) **啾咪**！阿花候機室主動**啾**張三。（壹週刊 2014/12/15)

(21) 五年級的女生，在男子的臉書上，留下 100 個**啾咪**，

---

6　這裡遵照該文的術語用法，實際上同為 2.1.2 節所稱的「詞彙完整準則」。該文主要論述「A 不 AB」和「AB 不 A」其語法生成來源一致。除了內文所提及「A 不 AB」的兩項特點，還有一項是可以違反介詞懸空原則，如「你把不把功課做完」。但本文並不討論此特性，故未列入正文中。

　　　　卻引起對方女友不滿。（TVBS 新聞 2014/8/31）

　　「啾」屬於形聲字用以表達鳥叫聲，而人接吻的動作及聲音與此相似因而借用。「親嘴」、「接吻」的詞彙語意較為直接透明，相較下「啾咪」就顯得比較生動活潑及文雅委婉。例(18)「啾咪」當作動詞謂語並帶次數補語，其受影響者是賓語「李四」。例(19)一般的狀態動詞無法放入「想 V 就 V」的結構，而「想啾咪就啾咪」在此結構中當作動作行為，可以替換成單音節動作動詞「親」測試（如：想 V 就 V-想走就走）。例(20)「啾咪」出現在句首也就是當作話題（Topic），之後說話者再引述話語的陳述，而且例(20)和「嘿不嘿咻」的結構相同，都是把前一個成分當作動詞看待，將「啾咪」離合單用「啾」為及物動詞，後接受事賓語「張三」，因此可見「啾」不僅僅只是描摹一種聲音，而是一種以聲音隱喻為動作動詞。例(21)是動詞「啾咪」的名詞化，前面有數量詞修是並把「啾咪」當作可數名詞。

　　　「嘿咻」與「啾咪」對照下，謂語「啾咪」的動詞特徵不太顯著，因為在本文所尋的語料中極少見到與各種動貌標記（「在-」、「-了」、「-著」、「-過」）搭配，只能就句子中所呈現的語法功能作表述，但例(14)-(17)「嘿咻」不僅具備詞彙化轉類的特質，亦展現經由隱喻機制後，呈現詞彙本身的語法特徵。如果從第二章 2.1.1 節詞彙化的概念意義來看，詞彙化產出後的詞彙必須經由說話者的學習，亦即進入人們的長程記憶中。對此「嘿咻」已經成為人們固定使用的複合動詞，而「啾咪」仍處於在離合詞的階段，所以無法直接與各種動貌標記相搭配，足見兩者的詞彙化程度不同。而且這類委婉擬聲詞實際上也涉及語用推理（Pragmatic Inference）。Pustejovsky & McDonald（2014）有

如下的建議：

> *In a lexicalized grammar, the terminals of the rules are specific words instead of lexical categories such as proper noun or transitive verb. We propose to lexicalize meaning and inference... The meaning of words, phrases, and meaning-bearing constructions is defined in terms of the set of entities, predicates, relations, propositions, or potential inferences they convey.*

　　從這段話可知，他們認為在詞彙化的過程中，演變規則的終端是產生特定的詞而不是詞類，因此建議將意義和推理直接推進到詞彙化實例中，進而傳達具體的意涵。如同「嘿咻」與「啾咪」因為說話者隱而不顯、委婉的語用表達，因此這類詞需要經由說話者、聽話者雙方的推理才能展現其語法功能，進而了解表達。特別是這類模態動作、行為的擬聲詞，其推理作用更為重要。

　　前述兩例都是雙音節擬聲，接下來討論單音節的「噓」。「噓」可出現在句首用於表示制止並引起聽話者注意如：「噓！別出聲」，而單音節「噓」亦可入句成為動詞謂語。如下各例：

(22) 新竹棒球場被**噓**爆，球迷點出至少 5 缺失。（東森新聞 2022/7/24）

(23) 栽在自己的場子張三月臺被**噓**。（中時電子報 2014/11/4）

(24) 金曲獎被**噓**最多次的女藝人是她。（yahoo 奇摩新聞

2022/7/3）

　　(25) 看新聞學法律--網路**噓**文當心被告。（法律熱網
　　　　2010/12/23）

　　上述諸例「噓」表達反對、不贊同之意。例(22)-(25)「噓」
均出現在被字句中，按照漢語語法對被字句的要求，被字句的動
詞必須為行動動詞，並且多數情況下必須有某種形式的動詞補語
出現，而且被字句的語意帶有「貶損」（Pejorative）的意涵
（屈承熹 2010：193）。上例中的「噓」完全符合「被」字句的
語法條件，「噓」都是及物動詞，可以帶補語「爆」亦可指涉被
「噓」的受事者是句中的主語「張三」、「女藝人」。例(25)的
「噓文」與「推文」相對，「推文」是網路上對於某篇文章表示
認可、贊許的方式，也就是讓該文置頂於最前，屬動賓結構。同
類可推「噓」是眾人鄙斥、反對的文章。該例是指，在網路上發
表攻擊性的文章會被告，大抵能說「噓文」是類推自「推文」同
屬動賓式。由此可見「噓」從單獨的擬聲虛詞，詞彙化為擬態的
動詞。

　　近期還有一個新生的單音節擬聲詞「嗶」也可以當謂語，例
如：「阿花狂**轟**張三飆髒話慘被嗶音」、「到麼是講什麼被嗶掉
呀？」這裡的「嗶」就是動詞「消」的意思，擬聲詞「嗶」藉由
語用推理（哨子的聲音一般有警告、制止的意思）轉類為動詞。

### 4.2.2 方言諧音轉類

　　如本章所述從語言接觸的視角來看，臺灣華語有豐富的語言
樣貌，包括外來語借詞（英語、日語），以及方言詞（閩、客
語）、南島語等。根據黃宣範（1995）、曹逢甫（1997）的社會

語言調查[7]，閩南族群占臺灣總人口將近 70%以上，而具備雙語（南島語）、雙言（閩、客語）的人占 82.5%。隨著時間推移各族群的語言也走進了大眾的生活成為一種趨勢。顏秀珊（2008）從語言文化的觀點討論了臺灣華語中的閩南方言詞，在該文 190 筆語料中有一筆「A 錢」表示侵佔他人財物，用了英語字母諧音轉類動詞的用法。底下討論方言諧音詞"A"在臺灣華語的詞彙化狀況。

　　"A"是英文字母的第一個符號，英語裡並沒有單獨將"A"放入句中肩負語法功能的用法。但在臺灣華語裡則借用其字形、發音置入語句中表達使別人受損、受貪汙的用法，也就是以不當的手法取得財物。如下：

　　(26) 行員 **A** 錢兆豐、華南各挨罰 400 萬。（聯合新聞網
　　　　 2022/06/03）

　　(27) 主播 **A** 了老闆 700 萬，雙面手法曝光！。（今周刊
　　　　 2022/02/22）

　　(28) 張三：若 **A** 過錢願意坐牢。（中國時報 2000/2/3）

　　(29) **A 不 A** 錢沒關係，能辦事就好。（口語）

　　上述四例"A"可以當作謂語並帶賓語（錢）及動貌標記（-了、-過），並且出現在反復問句中，"A"具備典型的動詞特徵。這種利用諧音詞轉類為動詞的用法可算是臺灣華語的特色。至於諧音詞"A"如何而來？又如何產生。目前尚未定論，但已經有相關資料提出與閩南方言有關。林寶卿（2007）、王國

---

[7]　黃宣範所調查的時間是 1987～1990 左右，曹逢甫則是在 1994～1995。
　　年代雖然較久遠但實際上並與現狀相符合。

良（2013）考證指出「挨」字在閩南語讀作"e"並共有五個意項，其一是表示從旁邊碰到當作動詞（如：予竹篙挨著 e-tioh（被竹竿拂到））。他們認為從「旁邊碰到」的語意引伸為財物被別人碰到，以旁門左道的方式獲取財物，但因媒體未考證用字採用諧音字"A"所以就形成一種習慣。

　　這個說法就如同第二章 2.1.1 節所提到，Brinton & Traugott（2005：20）將詞彙化定義為語言詞庫吸收某個詞，並以構詞形式保留在詞彙（Lexicon）當中使詞庫層面變得約定俗成化（Conventionalized）。也就是說因為常人不擅於了解方言本字的使用，經由諧音的方式把英語的"A"吸收到了心理詞庫（Mental Lexicon）中而當作動詞使用，自然忘卻了"A"的本字是什麼？我們進一步查證方言資料，表示不當取財物的"A"與「挨」確實有諧音關係，意思就是表達「靠近」、「接觸」（林寶卿 2007）語意上具有引伸關係。然而，方言字需要時間論證而媒體語言講求快速、生動、易於大眾理解，所以就採用最簡便的諧音方式呈現。因此和英語"A"是兩種截然不同的語言現象。

### 4.2.3 英語音譯詞轉類

　　音譯詞（Transliterated Words）是一個相當普遍又容易理解的概念，Wikipedia 定義為：音譯是以原來國家的當地語言讀音為依據的翻譯形式，根據原語言內容的發音在目標語言中尋找發音相近替代翻譯。音譯詞只可以連在一起使用，不可拆分否則沒有意義。根據這個說法可以知道「音譯詞」是一種單純詞（Single-Morpheme Word）。然而，有些音譯詞進入華語後，在

語法及詞彙上重新擔當了新的語法功能。例如：英語的形容詞"Happy"進入華語後可形成正反問句：「教師節黑不黑皮？」，或是受否定副詞修飾「快樂購信用卡不黑皮？」除了「黑皮」底下再舉三例「麻吉」、「嗨」、「瘋」說明。

「麻吉」是"Match"的音譯詞，英語[8]可當名詞表示比賽、競賽（如：A football match）和表示相似物、相配的物品（如：The curtains look great – they're a perfect match for the sofa.）以及般配的一對、相配的兩個人（如：Theirs is a match made in heaven.）；另外亦可當動詞表示相配（如：Do you think these two colours match?）。但進入華語後名詞的語意從「般配的一對、相配的兩個人」轉移為華語的「朋友」。如下：

(30) 午睡被**麻吉**噴水爆衝突。（ETtoday 新聞雲 2022/03/25）

(31) 朴敘俊揪崔宇植**麻吉**們展開《友情旅行》。（鏡週刊報導 2022/7/7）

(32) 出遊尚**麻吉**推薦機，找麻吉再抽租車券、餐券！（廣告）

(33) 複雜工作中，跟誰合作最**麻吉**？。（鉅亨網 2021/09/30）

前兩例是把「麻吉」當作名詞，分別充當被字句的施事賓語以及帶複數標記「-們」的集體名詞。例(32)、(33)「麻吉」都是在句中充當謂語均受帶程度副詞「尚」、「最」修飾。從詞彙組

---

**8** 參見劍橋字典"match"詞條 https://dictionary.cambridge.org/。

合來看「尚麻吉」的「尚」是閩南語的程度副詞[9]即華語的「最」、「非常」，形成方言加音譯詞語碼混合（Code-mixing）的樣貌。從語言接觸解釋，鄒嘉彥、馮良珍（2000）認為，許多的外來詞通過吸收、淘汰、調整在漢語中逐漸定形，有的詞呈現新的定向趨勢，或者在演變中　斷地改變詞形、詞義衍生新詞這種過程可以稱為「詞彙重整」（Re-lexification）。「尚麻吉」採用華語的語法結構，而其詞彙是不同的方言、語言合成，詞彙重整後入句成為核心成分。

　　第二章 2.1.1 節談過了詞彙化的概念意義和條件：是一種動態的連續體，並伴隨詞法、語意、語音的變化，產生新的語意內涵。從此來看「音譯詞」同樣借其來源語的語音，經由轉音音譯後進入目標語，而進一步符合語言使用者的需求，產生不同的新意、詞性及語法功能，底下的兩個例子亦同。

　　「嗨」是英語"High"的音譯，進入華語後可當謂語使用並具備詞彙重整的特性。如下：

　　(34) 在家防疫也能自嗨。（KKBOX2022/1/14）

　　(35) 我也很常自嗨旁邊的同事都覺得我很有事。（Dcard
　　　　有趣版 2019/11/20）

　　(36) 甄子丹新片倫敦首映粉絲超嗨。（聯合新聞網 2014/
　　　　10/14）

　　(37) 哈日族好嗨！臺銀匯價驚見「0.2199」。（ETtoday
　　　　新聞雲 2022/7/14）

　　「自嗨」是主謂結構，也是華語和音譯詞的結合表示自得其

---

9　據李如龍（1998）考證其本字是"傷"(siⁿ)本調是陰平 55。

樂。除了搭配反身詞「自」之外,其餘的代詞(你、我、他)都不能與「嗨」構成主謂式。按英語構詞方式能用"Self-"當作首字並用"-"(Hyphen)連接構成複合詞如:"Self-denial"(自我否定/自我犧牲);"Self-conscious"(感覺不自在/自覺)。「自嗨」結構上結合了漢語型態的複合法(Compounding),以兩個語素構而成並具「詞彙完整性」(Lexical Integrate),所以無法破壞或是替換內部成分。例(36)、(37)是「嗨」當作謂語形容詞且受程度副詞「超」、「好」修飾,也是來源於英語"High"的形容詞用法。音譯詞進入華語後不僅創造新的文字樣貌,其語法功能也體現了轉類的現象。

　　還有一例「瘋」是"Fun"的音譯,進入華語後不僅產生新的語法功能並和方言出現詞彙重整。如下:

(38) 學生畢業旅行瘋臺灣行。(宏觀週報 2013/7/3)

(39) 年來最划算!臺灣遊客瘋日本。(蘋果日報 2014/11/3)

(40) 搭高鐵瘋美食!府城早餐、清燙牛肉、古早冰。(PChome2014/11/22)

(41) 瘋媽祖!大甲媽 4 月 6 日起駕繞境 9 天。(東森旅遊雲 2014/2/22)

　　"Fun"當作形容詞表示「愉快的」修飾名詞如:A fun weekend;A fun person,進入華語後其修飾物件泛化為地方名及專有名詞。例(38)「瘋臺灣」其實是由旅遊節目名稱"Fun Taiwan"而來,意指「有趣的臺灣」但按其句構來看「瘋」語意指涉主語「學生」其受事是「臺灣」,由形容詞轉類為及物動詞意思近於「熱衷」、「喜好」。例(39)是由「瘋臺灣」類推

（Analogy）而來，句構亦是把「瘋」當作及物動詞。例(40)是兩個動詞「搭」與「瘋」形成的連謂結構。華語的「瘋」原本是貶意詞（表示瘋子、瘋癲），但經由音譯手段後將「瘋」音譯為"Fun"成為「愉快的」。例(41)也具有前述類似的情形，「瘋媽祖」對應閩南語「痟」（siau）媽祖，「痟」表示「沉迷」、「精神錯亂」，但和表示神祇的專有名詞搭配就表示深度迷戀，接著經由義譯後成為華語的「瘋」。例(40)、(41)共有點是負面語意轉移，差別是前者是音譯手段，後者是詞彙搭配、義譯的不同。

### 4.2.4 減縮詞轉類

　　第二章 2.1.2 節提過了 Brinton & Traugott（2005：32-44；98）十種構詞法可被認為從語法到詞彙的生成手段，包含複合、轉類（Conversion）、減縮（Clipping）、省略（Ellipsis）、混合（Blending）、首字詞（Acronym）、借譯詞（Loan Translation）等構詞方法。首先詞彙內部從原先臨時組合式，產生制式化成為語言使用者約定俗成共用的形式，最後才能認定為詞彙化。前述各節已經討論了擬聲、音譯的語料，後續將進一步討論減縮詞。

　　按英語構詞學的減縮類型可分為「詞彙字母詞」"Word Acronym"以及「拼字字母詞」"Spelling Acronym"兩種。前者可以讀成單一詞如："NASA"、"AIDS"；後者只能讀個別字母如："VCR"、"CD"。有些英語詞彙經過減縮後進入華語語法系統後並賦予語法功能。如下：

　　(42) 黑豹旗／能和南英交手大安被 **KO** 也爽。（奇摩新

聞 2014/11/28）

(43) 外國悍將挑釁泰拳王播求，慘被 **KO**。（SOGO 武術
專區 2014/10/28）

(44) 張三吸金年賺 12 億 **KO** 李四。（中時電子報 2014/
12/28）

(45) 臺灣女 **KO** 越南女。（ettoday.net 2014/12/27）

　　"KO"是英語動詞組"Knockout"的首字音，可譯為動補
式「擊倒」、「擊垮」如："The boxer knocked out his opponent
in the third round." 句型直譯為：「拳擊手在第三回擊倒了他的
對手」。例(42)、(43)"KO"置入被字句中的謂語動詞，受事者
為主語。據本文觀察這類「被 KO」少見帶施事賓語，可能在語
言使用者的語感裡已經把「被 KO」當作一個固定結構。例
(44)、(45)則是直接把"KO"當作及物動詞帶有受事賓語。除此
較口語的網路語言"KO"還能充當「把字句」、「被字句」的
謂語動詞，表示及物動作的處置或影響，或是動詞帶動量補語及
動貌標記，如下三例：

(46) 一個眼神便可把你 **KO**。

(47) 第四關好強連續被他 **KO** 兩次。

(48) 那些年被李四 **KO** 過的手下敗將。

　　相類似的例子還有"PK"[10]，也就是「對決」、「對戰」。
經由減縮後"PK"也成了「被字句」中的謂語動詞並帶動貌標

---

[10]　"PK"其來源也說法不一，尚待考證。可能來自於電腦遊戲表示
"Play and kill"，也可能來自足球場上使用"Penalty Kick"。但不論
何者"PK"的用法是從特殊場域傳播到日常的口語中。以上各說法可
為參考。

記，如例(49)，也可以動詞帶動量補語如例(50)，還有及物動詞用法如例(51)。

(49) 張三：人要狠狠被 **PK** 過，才會有出息。（數位時代 2014/4/1）

(50) 哼哼 **PK** 三次都輸還說你巫師很廢唬很大。

(51) 聯發科 **PK** 高通明年 Q2 決戰。（聯合新聞網 2014/ 12/12）

但不同於"KO"是單方所採取的打擊動作，"PK"其特點是能夠受交互詞（Reciprocal）「互相」、「彼此」作狀語修飾，足以顯現動詞語意事件必需有兩方以上的參與者，如下：

(52) 佐助、蜘蛛人、魯夫、柯南**互相 PK** 誰會贏？ （LINE Q 2014/9/20）

(53) 我和 Nick 在家就很常**彼此 PK**，舉辦私房時尚秀。

上述兩例都是全稱減縮後，放入句中擔任語法功能的謂語動詞，而且其來源與電腦遊戲、武術格鬥相關。接續再談"OS"來源則是傳媒用語，其全稱是"Off-screen"指以電影、電視幕後的真實情況，如"They were off-screen lovers."（他們是幕外情侶——意指真實生活的情侶），此句"Off-screen"當作形容詞可修飾名詞。另外"Off-screen"或用為幕後配音的方式表達人物心境，或用旁白解釋畫面的意義。但是現在使用的場域擴及到日常用語，用於表達心中的自我獨白。如下：

(54) 品牌故事要引出人們心裡的 **OS**。（動腦新聞 2014/ 11/24）

(55) 主人問到爛、寵物聽到膩狗狗心中的**OS**。（NOW 新聞 2014/2/1）

(56) 心裡很多 **OS** 為什麼跟公婆住的標準不一樣？（非常婚禮網 2014/9/1）

(57) 以正男以往的戲路在對話中，也曾在心中有非常非常多 **OS**。（PTT）

減縮後的 "OS" 為名詞並受定語修飾，是擁有者－擁有的領屬關係，如例(54)、(55)，"OS" 也可與表示數或量的「很多」、「非常多」搭配，讓 "OS" 產生條列的具像效果成為可數名詞。

由上三組的減縮詞來看，這些構合的新詞都能進入華語的語法體系中，並且產生新的語法功能和意義，亦是詞彙化研究的另一種類型。

## 4.3 討論

上述各節以臺灣華語語音象徵詞為例，從結構、類型分析詞彙化案例後可得到兩項重要的啟示：虛詞到實詞、詞法到語法的變化。

首先是關於虛詞到實詞的體現，誠如 4.2.1 節諸位學者使用「獨用」、「活用」來指稱這些擬聲詞詞彙化為實詞，並在句中擔任不同的語法功能。事實上，從本章的論述裡認為語音象徵詞不僅能當作擬聲虛詞之用，亦可表達具體動作的擬態實詞，像是「嘿咻」、「啾咪」、「噓」、"A"、"KO"、"PK"（參見例(14)-(16)、(18)-(21)等）等這類語音象徵詞從擬聲虛詞，成為了可以附加各類動貌標記-了、-著、-過的實詞，甚至出現在「被」字句中當作動作及物動詞。借此參照第二章 2.1.1 節詞彙

化的概念義涵，這些語音象徵詞符合了詞彙化產出的詞彙，進入人們的長期記憶，進而成為固定形式、化石化形成複合詞，使得詞彙本身失去了個別擬聲的語意色彩，最終成為具體擬態的實詞。不僅如此，Haspelmath（2022）把詞彙化的理論輪廓描述的更加清晰。Haspelmath（2022）[11] 指出 "Lexicalization" = becoming a lexical item，but there are four ways in which "lexical (item)" can be understood：

(A) Lexical item = word (a leaf of a syntactic tree; a form that is written between spaces.)

　　詞：語法樹中的組織成分。

(B) Lexical item = content word (as opposed to function word, or grammatical item.)

　　詞：實詞相對於虛詞或語法項目。

(C) Lexical item = dictionary item (something that must be learned by speakers and cannot be constructed.) 詞典詞條（說話者必須通過學習，無法被構建。）

(D) Lexical item = mentally stored item (mentalic item) (something that is stored and accessed holistically by a speaker.) 心理儲存的詞條（由說話者儲存詞項。）

　　雖然 Haspelmath（2022）認為上述這四項詞彙化的理解方式不太容易區分，這些不同的概念經常被語言學家混淆或是無法明確區分，所以該文又重新發展出四種不同的稱法。但是就現行對

---

[11] 會議訊息 https://www.ucl.ac.uk/classics/choosing-your-words-lexicalisation-and-grammaticalisation-greek-and-latin。

於詞彙化理論框架的研究，已經能清晰的闡述了第二章 2.1 節詞彙化理論脈絡，同時藉由本章的語音象徵詞分析，足以體現虛詞到實詞的變化歷程。

　　Givón 曾說過「今天的詞法曾是昨天的句法」，而本章有些語料則是從詞法到語法的變化，像是例(17)「嘿不嘿咻」、例(19)「想啾咪就啾咪」、例(29)「A 不 A 錢」或是口語使用的「嗨不嗨」，雖然違反了「詞語完整準則」，但卻凸顯了說話者把詞彙成分拆解為語法成份。這個過程可由 Lehmann（2002: 2-4）用了兩種不同認知思維的方式（Analytic and holistic approaches）來詮釋詞彙與語法之間的漸變關係。

　　分析的（Analytic）包括考慮每個部分及其性質和功能的組合關係，通過各部分的組成規則來獲得整體的心理表徵。而完型的（Holistic）是直接掌握整體而不考慮部分關係。如果詞項的本身已經很熟悉，則可以通過輪廓或相關的背景功能產生具有基本類推的詞項。如下圖 4-1 所示：

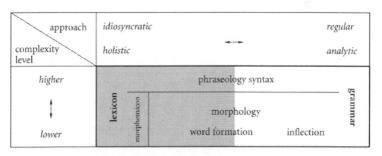

**圖 4-1：分析法和完型法的複雜度（Lehmann（2002: 3））**

　　從水平軸來看「嘿咻」、「啾咪」、"A"、「嗨」其原始都為完型法，也就是當作完整的一個詞看待，但是說話者套用了

動詞結構的「V 不 V」、「想 V 就 V」，將這些詞類推拆解為分析法，而形成相同的語法結構，回過來看音譯詞「幽默」成為「幽不幽默」也有相同的結構，對比之下「？麻不麻吉」、「？想 PK 就 PK」、「？P 不 PK」、「？K 不 KO」可能因為說話者的接受度不同，而停留在完型的階段，或是正在進行中的類推變化。

從垂直軸來看由較低複雜度的構詞法、構詞形態，上升到高複雜度的詞組語法，所以低複雜度的詞項所反應的只是核心語素的意義[12]，直到詞組語法這些詞項形成高複雜度的複合詞，甚至違反詞彙完整準則置入不同的動詞結構，在句中擔任各種語法功能。

# 4.4 本章結論

本章從臺灣華語語音象徵詞著手，以新聞及口語語料為來源討論語音象徵詞的詞彙化轉類現象。揭示其中心思想：這些語音象徵詞已經具備高度詞彙化程度，原因在於經由擬音、諧音、音譯後的詞彙成為了虛詞到實詞、詞法到語法之間的變化，而且對於語言使用者而言隱喻、轉喻與推理的機制運作其中。

另外我們也參照第二章 2.1.1 節詞彙化的概念涵義，凸顯這些語音象徵詞經由詞彙化後進入人們的長期記憶，成為固定形式、化石化形成複合詞，詞彙本身失去了個別擬聲的語意色彩，

---

[12] 我們查詢了「教育部重編國語辭典修訂本」沒有「嘿咻」詞條，但是可以個別找到「嘿」表示驚嘆、打招呼的語氣，以及「咻」喘氣的擬聲，「啾咪」亦同。

進而成為具體擬態的實詞，像是「嘿咻」、「啾咪」、「噓」、
"A"、"KO"、"PK"。同時部分的詞彙經歷了詞法到語法
的變化，像是「嘿不嘿咻」、「想啾咪就啾咪」、「A不A錢」
或是「嗨不嗨」，由較低複雜度的構詞法、構詞形態上升到高複
雜度的詞組語法。

　　除了上述，我們也體會到「動態語法」（Emergent
Grammar）的核心精神。正如 Hopper（1987：139-157）引述了
Fromkin（1985）的這段話：

> *'In human speech production and comprehension, the speaker-*
> *hearer accesses not only the mentally represented language*
> *system, but also other cognitive systems and knowledge of the*
> *world.'*（Fromkin 1985：13）

　　這段話點出了說話者－聽話者之間的溝通，不僅僅只有語言
表徵，更重要的是認知系統和世界知識。也就是話語的理解思維
（隱喻、轉喻、推理、象徵等）運作促成了人類語言的溝通，誠
如本章所舉的各類語料都是高度詞彙化的詞，而必須放入實際的
語境中體現說話者傳達的意涵。Hopper（1987）強調了「動態語
法」（Emergent Grammar）的核心概念：

> *The notion of Emergent Grammar is meant to suggest that*
> *structure, or regularity, comes out of discourse and is shaped*
> *by discourse as much as it shapes discourse in an ongoing*
> *process. Grammar is hence not to be understood as a pre-*

*requisite for discourse, a prior possession attributable in identical form to both speaker and hearer...Moreover, the term Emergent Grammar points to a grammar which is not abstractly formulated and abstractly represented, but always anchored in the specific concrete form of an utterance.*

　　動態語法的概念意在表明結構或規律來自於話語，並且由話語塑造，就像在一個持續的過程中塑造話語。因此，語法不應被理解為話語的先決條件，即以相同形式歸屬於說話者和聽者的先決條件…此外，「動態語法」一詞指向的語法不是抽象的表述，而是始終設定在話語的具體形式之中。

　　在此觀點之下，我們同樣主張在語言溝通時語法是帶有動態的概念，由中心到邊緣的遷移，語法的起源是來自於理解以及溝通需求。陶紅印（2001）也認為語法不能脫離實際的語言溝通，語法研究是從言談中產生的，應該從具體的語言運用來觀察結構特性，解釋成因以及瞭解結構的動態變化。張伯江（2005）則是以「用法先於語法」將語法看成動態的、在使用中逐漸成型的，即「語法的非穩定性」觀點。由此觀之，本章所討論的語音象徵詞置入語句中體現其轉類特性，扮演各項的語法功能，完全符合「動態語法」的精神。

　　本章如實的處理語音象徵詞的詞彙化分析，但缺乏對於這些詞彙化類型的區分，關於詞彙化的類型與程度，可進一步參考陳菘霖（2020）該文同樣以臺灣華語為例討論轉類及詞彙化類型差異。

# 第五章　新興程度副詞 「巨」與「賊」的語法化

第四章透過新聞語料討論了語音象徵詞的詞彙化，從擬聲虛詞到擬態實詞，由詞法到語法的現象。本章主要透過 BCC 語料庫（北京語言大學）[1]和 PTT 語料庫[2]進行當代新興副詞「巨」與「賊」的觀察與分析，試圖透過共時、歷時角度討論找出語法化的規律，此外也援引跨語言的例證支持語法化普遍性、漸變性等的原則。

## 5.1 前言

一般對詞類的二分法將名、動、形、副四大類歸入為實詞（Content Words）或稱開放性詞類；其餘的介詞、人稱代詞、連接詞、助動詞、冠詞或語氣詞稱為虛詞（Functional Words 或 Grammatical Words）或封閉性詞類。前者在於能夠產生新詞彙，後者並不容易創造新詞。然而，根據趙芳（2006）、蔡冰（2010）文中指出副詞中的次類：程度副詞基本上屬於可以列舉

---

[1]　網址 http://bcc.blcu.edu.cn/。
[2]　網址 http://140.112.147.132:9898/。

的封閉類[3]，但在近十多年中漢語口語出現了一批新興的程度副詞如：「巨」、「惡」、「超」、「狂」、「暴」等，顯現了網路語言對其傳播的推力，並替代了原有的某些程度副詞，正是語言更新（Renovation）和競爭（Rivalry）的結果。

除此之外，從研究文獻來看還有帶東北方言色彩的「賊」（賊好、賊壞、賊快）、「老」（老遠、老粗、老深）、「稀」（稀嫩、稀酥）等程度副詞，其語意表達和「很」相近都有表示高級程度。常純民（1983）、馬真（1991）討論了「很」、「挺」、「怪」、「老」四組程度副詞認為共同點是都具備高程度的用法，且都不能出現在「比」字句中，但是「很」出現在書面語其餘都是口語，而「很」、「挺」是中性表達，「怪」、「老」帶有調皮、不喜愛的色彩。Liu & Hsieh（2018）以報章雜誌和口語為語料來源，歸結出「神」從名詞、形容詞到程度副詞的意項發展「神」（神有趣、神準），經歷了重新分析（Reanalysis）、推理（Inference）、隱喻和轉喻的語言手段[4]。

以副詞的修飾功能而論，楊德峰（2014）對 31 個程度副詞與 319 個動詞的語法關係進行計算「很」、「非常」、「最」、

---

[3] 趙芳（2006）引述夏齊富（1996）對程度副詞的統計共有 65 個；引述張誼生（2000）的統計共 89 個；引述藺璜、郭姝慧（2003）的統計共 85 個。由此可見，可列舉性凸顯了程度副詞的有限數量。

[4] 我們以「中國期刊網」（CNKI）為搜尋資料庫並以關鍵字「程度副詞」查找，針對「老」、「賊」等程度副詞的研究最早參見常純民（1983）〈試論東北方言程度副詞〉，《齊齊哈爾師範學院學報》第 3 期。此外，也對比了黃伯榮（1996：391）《漢語方言語法類編》中討論被動句同樣載有東北方言「賊」的用法，且其內容也是引述自常純民（1983）的論述。

「有些」、「十分」上述的這五個副詞和動詞的搭配關係高達40%以上，其次「不太」、「格外」、「過於」、「極」、「極度」修飾動詞的比率大約是 10%~24%之間，而「頂」、「分外」、「怪」、「過」、「好」則是低於10%。因此，他把這三類副詞比例稱為「典型成員」、「邊緣成員」、「邊緣中的邊緣」[5]。

　　近年來由於網路及社交媒體的發達與交流，促成了大陸詞彙浮現在臺灣社會。刁晏斌（2017）指出 80 年代中期大量的臺灣詞語進入大陸，而後半期臺灣對大陸的詞語加速引進和擴容時間越後數量越多，且中性客觀的詞彙越多[6]。時下臺灣年輕人受到傳媒的影響，開始從大陸引進「邊緣中的邊緣」新興程度副詞像是「賊」、「巨」。就目前網路語言的語料顯示的新興程度副詞的修飾功能有較大的限制，像是很懂/*巨懂/*賊懂、很欣賞/*巨欣賞/*賊欣賞，卻能說很害怕、巨害怕、賊害怕、很誇張、巨誇張、賊誇張[7]。

---

[5] 楊德峰（2014）指出典型成員副詞包含：比較、非常、更、更加、很、十分、太、特別、有點、有些、最共 11 個；邊緣成員包含：不太、格外、過於、極、極度、極其、挺、尤其、愈共 9 個；邊緣中的邊緣包含：頂、分外、怪、過、好、較、略微、頗、稍、稍微、萬分共 11 個。

[6] 刁晏斌（2017）該文舉例了「給力」原本是方言詞自 2010 年大陸使用後，同年也在臺灣媒體傳開。

[7] *表示未見這樣的用法。以 GOOGLE 和百度搜尋，「賊」、「巨」做為副詞者基本上都出現在大陸的網路用語。再以臺灣的 BBS 搜尋可以看到這樣的用例：我覺得奶茶**巨難喝**欸，喝兩次就賣掉了（Dcard 健身版）。其它語料庫也能看到用例：不用斟酌考慮爆雷內容的…**巨難看**的，看完我都笑了（批踢踢）。床墊請人搬屍體噴屎片段都**巨爆笑**片長

　　朱磊（2017）指出未來對於新興副詞的研究可以著眼於兩點：首先是宏觀的整體性和均衡性，即應揭示新興副詞形成的相關動因，並探索副詞和搭配成分的互動關係以及在構式中的體現。第二點是進行共時語法化的研究，清晰的描述分析新興副詞的發展歷程及其相互之間的影響。

　　經由前述的討論，促使我們思考推動邊緣新興副詞「巨」、「賊」的語法化成因和機制是什麼？以及這些副詞有什麼搭配限制？再者就語意來說「巨」一般指涉空間範圍是如何演變為程度副詞並修飾動作動詞或狀態動詞[8]？另外「賊」是一個貶意名詞、動詞同樣的如何演變為程度副詞？底下將陸續說明分析。

## 5.2 語法化發展與跨語言分析

### 5.2.1 副詞「巨」的語法化觀察與分析

　　根據《王力古漢語字典》（2000：259）所載「巨」：大。孟子梁惠王下：為巨室則必使工師求大木。《教育部重編國語辭典》載「巨」名詞，量方正的器具通「矩」；姓名。形容詞，大通「鉅」如：「巨款」、「巨人」。副詞：豈，通「詎」。透過

---

　　93 分鐘（批踢踢）。「賊」的用例在 BBS 上可略見一二，如：**賊討厭**的類型有關的話題…是這樣的，很討厭男友的一個女同事（Dcard）。但是，就數量來說很明顯的大陸使用「賊」和「巨」做為程度副詞的用例還是高於臺灣。

[8]　按照曹逢甫（1996）的動詞分類架構，動詞分為兩大類：靜態動詞包含形容詞類、命名類、情緒類、存在類；行動動詞分為：不及物動詞、及物動詞、雙賓動詞等細類。本章改用狀態動詞和動作動詞稱之。

《中國哲學書電子化計畫》搜尋可以找到不少「巨」修飾名詞的
用法，例如：

(1) 然即當為之撞巨鐘、擊鳴鼓、彈琴瑟、吹竽笙而揚
干戚，天下之亂也，將安可得而治與？即我未必然
也。（《墨子》）

(2) 吳伐越，墮會稽，獲巨骨一節，專車焉。（《孔子
家語》）

(3) 不然。夫尋常之溝，巨魚無所還其體，而鯢鰍為之
制；步仞之丘陵，巨獸無所隱其軀，而孽狐為之
祥。（《莊子》）

從以上這些語料來看「巨」都是當作實詞並修飾名詞（如：
巨室、巨人、巨鐘、巨骨等）。然而近期從口語和語料庫所現，
「巨」開始出現程度副詞的用法如 PTT 語料庫中：

(4) 直呼就是要沾薯條才對，巨好吃啊，比原本單吃還
好吃太多。

(5) 牛主席牛 NMSL 領導萬歲，巨好玩純蠢的親親老
鐵。

(6) 男友媽真的巨煩，幾乎沒有朋友，因為每個人都受
不了她的個性。

由此可知「巨」與典型的副詞成員（很、十分、特別、非常
等）相較之下仍屬新興副詞[9]。我們認為副詞「巨」的產生是由
詞彙本身的語法化所致，應屬於語言系統內部的變化（System-
internal Language Change）。關於程度副詞「巨」的語法化發

---

9 關於「巨」的文獻最早可見趙芳（2006）。

展，我們先借助相關文獻並使用語料庫進行分析和討論，藉此驗證理論和觀點的一致性或差異性分別論述如下：

　　相關學者指出，程度副詞「巨」出現的語域（Register）集中在口語以及網路語言，而影響這類新的語言現象有其內在和外在的因素，這是語言更新（Renovation）和競爭（Rivalry）的必然結果（周娟 2006；趙芳 2006；胡麗珍 2008；王思逸 2018）。然而，造成新興程度副詞湧現的內在因素，另有學者認為是語意耗損的補償作用（Semantic Compensation for Attrition）所致，由於「很」、「非常」、「十分」、「挺」高頻率的使用造成虛化程度加深進一步推至泛化，使原有的高程度語意發生了耗損，所以人們找尋新的語言形式來彌補（Yong Yang 2012）。

　　這種彌補形式的論述在漢語史的發展中屢見不鮮，相關的句式演變如被動標記「受」、「見」、「遭」、「被」等，直至現代漢語「被」成為最典型的被動標記。「被」字句的用法和功能經歷過從不幸事件（Adversity）如：橋被大水沖走了，但是隨著印歐語「翻譯式語言」非不幸的用法已經擴展到當代，如：張三被人民選做了代表（黃宣範 1983：360-363、Zhang1994）。由此可以看到「被」其語法化的過程中從帶有不幸的意涵逐漸淡化，足見語言競爭、取代與擇一的現象。

　　而關於推動副詞更新的動力，劉丹青（2001）、朱冠明（2005）認為：程度副詞之所以容易更新，在於說話者需要用新的語言成分達到顯著的表情功能（Emotional Function）藉以加強說話的表現力。由此可知，語言使用者來自外在的語用推理推動了語言變化的產生。上述提及了高頻率及語意耗損，回顧第二章2.2.2 節和表 2-2 呈現語法化的原則，以及第二章 2.4.2 節提到語

法化的能產性（Productivity）主要表現在類頻率（Type Frequency）的增加亦可見表 2-4，頻律是指某一種樣式（Pattern）的項目（Item）出現的次數。Hopper & Traugott（1993、2003：127）認為語言變化中所產生語意淡化、語音的簡縮、固定句式和詞語界線的消失都和頻率有關。他們所指的是共現頻率（Colocation Frequency）亦即某個形式和其它形式相互共同出現（The frequency with which they co-occur with other forms），所以不可避免的當某些詞之間的共現頻率增加，就容易因為語言使用產生語意、語音或結構的變化。因此，之後的討論我們也會留意「巨」與其它詞彙的共現分析。

　　由於外在的語用推理所為（超過一般的空間或範圍的認知），使得「巨」修飾後置成分時帶有說話人的評價和態度，即具有強烈的主觀化（Subjectivization），因此張誼生（2000、2004）把這類有主觀色彩的副詞稱為「評注性副詞」。我們透過 BCC 語料庫（北京語言大學語料庫）可觀察下列語料：

(7) 黑莓二季度 <u>（巨）虧</u> 近 10 億美元將裁減 4500 名員工。（BCC 語料）。

(8) 超大天婦羅的烏冬麵 <u>（巨）Q</u> 彈，炒牛肉也不錯。（BCC 語料）。

　　上述兩例都是從說話者的視角陳述對句子主語（命題內容——黑莓、烏冬麵）表達高程度的「主觀化」（Subjectivization），也就是說帶有說話者本身的評價論述，亦即第二章 2.2.1 節及表 2-1 提到語法化的動因是因為語言使用者的目的而引起。因此，著重於語用推理的過程——隱喻，所以「巨」從表空間寬闊到高程度的延展必然和語法化隱喻有關。回

顧第二章 2.4.1 節 Heine 等（1991：51-53）的隱喻擴展層級：
**PERSON>OBJECT>ACTIVITY>SPACE>TIME>QUALITY** 可
得到驗證由左至右是語法化隱喻（具體到抽象）。

　　Heine 等（1991：51-53）舉了下列的英語例子，說明了從空
間範疇到性質範疇隱喻擴展像是：Happy is up；Sad is down、
Good is up；Bad is down、More is up；Less is down 等，這些例子
都呈現了 **SPACE>QUALITY** 擴展。而且這個層級的各類範疇和
詞類、語句成分有相互關聯（Interrelation）如下表 5-1：

表 5-1：相關範疇及關連性。Heine 等（1991：51-53）

| Category | Word Type | Constituent Type |
|----------|-----------|------------------|
| PERSON | Human noun | Noun phrase |
| OBJECT | Concrete noun | Noun phrase |
| ACTIVITY | Dynamic verb | Verb phrase |
| SPACE | Adverb, Adposition | Adverbial phrase |
| TIME | Adverb, Adposition | Adverbial phrase |
| QUALITY | Adjective, State verb, adverb | Modifier |

　　表中最左邊的各類範疇、中間則是詞類類型、右邊是語句成
分，根據隱喻的抽象性程度越上層越具體逐漸往下遞減，也能看
到詞類及語句成分不斷的「類變/降類」從必要成分變成修飾成
分，而且每一個範疇或關連性都是一個漸變性的連續體。

　　從表 5-1 可以得到第二章 2.2.1 節提到歷時語法化的三階段：
實詞到虛詞、虛詞到更虛，以及 Bybee 等（1994：24-26）認為
在語法化的初始階段（實詞虛化）隱喻機制作用其中，而到了虛
詞虛化的中後階段，隱喻機制並不能完全涵蓋、解釋說明造成語
法化的原因（亦參見圖 2-1）。

　　所以由上可知「巨」的語法化過程涉及了說話者主觀的論點，將客觀事件的描述變成對事實的評論。因此語法化轉移成較為抽象、有標（Markers）其功能是代表說話者的角度。所以由例(7)、(8)可知，相較一般的陳述句這類帶有副詞「巨」的用法其語氣較為強烈（試比較括號內的減省），並不是客觀描述對象而是說話者主觀的強化評價與感受，而且形成副詞後的「巨」成為了一個修飾語（Modifier）修飾動詞、狀態動詞，我們先從詞彙共現來看。

　　從詞彙共現來看，王思逸（2018）曾統計了「巨」和「超」所修飾的中心語。該文的結論是「超」傾向修飾帶有褒意的中心語，而「巨」傾向於貶意詞。

　　我們以 BCC 語料庫為來源，從修飾功能來看程度副詞「巨」強調對動作動詞（Action Verb：AV）或狀態動詞（Stative Verb：SV）強化與限定。BCC 語料庫搜尋「巨+AV」共找到 4,030 筆[10]，總共可以分為 774 種類別其中前十一位如下表 5-2：

**表 5-2：BCC 語料庫中「巨+動作動詞」的類型**

| 類別 | 筆數 | 例句 |
|------|------|------|
| 「巨像」 | 262 筆 | 猛然發現 JasonMraz 長得**巨像** HughGrant 啊！ |
| 「巨猾」 | 237 筆 | 這人果然是個老奸**巨猾**！ |
| 「巨貪」 | 204 筆 | 警惕年關行賄前不久，媒體披露了**巨貪**在獄中所寫的懺悔錄。 |

---

[10] 其中有 146 筆「巨作」，「作」應該是名詞指涉作品。還有「巨化」138 筆指涉的是地名、廠商名，還有 535 筆「巨獻」，所以我們將之排除在「巨+AV」的語料，剩餘 4,565 筆。

| 「巨想」 | 176 筆 | 都怪你。都怪了。害我**巨想**你們。巨想一起當禮儀小姐的日子。 |
|---|---|---|
| 「巨愛」 | 123 筆 | **巨愛** MF 睫毛膏哦~DT 我猶豫了半年。 |
| 「巨能」 | 118 筆 | 最近真是**巨能吃**啊一起喝酒唄其實我在家就巨能吃。 |
| 「巨有」 | 112 筆 | 看上鋪和奶牛妹打球真是超級無敵**巨有趣**。 |
| 「巨喜歡」 | 102 筆 | 初中時候**巨喜歡** H.O.T！張佑赫的機械舞很吊。 |
| 「巨吼」 | 97 筆 | 時間在奔流，浪濤在**巨吼**。 |
| 「巨討厭」 | 96 筆 | 碉堡了好吧！真的**巨討厭**下雨天。 |
| 「巨搞」 | 86 筆 | 每天排練都**巨搞笑**；**巨搞笑**巨**好看**巨**可愛**有木有~有多少人看過？ |

其餘還有「巨睏」、「巨喝」、「巨懷念」、「巨羨慕」等用法。回到王思逸（2018）的說法認為「巨」傾向於修飾貶意詞，但從表 5-2 呈現來看現代漢語副詞「巨」似乎沒有絕對傾向修飾貶意詞，像是「巨想」、「巨愛」、「巨有趣」、「巨喜歡」其總和共 513 筆都是修飾褒意動作動詞，而「巨像」、「巨能」都是偏向中性語意。

除了「巨+AV」，我們也探查了「巨+SV」[11]共 4,709 筆[12]，總共可以分為 267 種類別，其中前十一位如下表 5-3：

**表 5-3：BCC 語料庫中「巨+狀態動詞」的類型**

| 類別 | 筆數 | 例句 |
|---|---|---|
| 「巨多」 | 397 筆 | 醫院急診室人**巨多**。 |
| 「巨痛」 | 392 筆 | 親真是有夠白癡的喉嚨**巨痛**。 |

---

[11] 指令為「巨~^^巨 a」。

[12] 語料庫中總共出現 5,054 筆，但是扣除「巨靈」242 筆、「巨巨」103 筆剩餘 4,709 筆。

| 「巨複雜」 | 294 筆 | 丫頭片子進化成一思想**巨複雜**的妖精？ |
|---|---|---|
| 「巨好」 | 275 筆 | 喝的我搖頭晃腦心情**巨好**。 |
| 「巨繁重」 | 186 筆 | 變的宏觀經濟環境和**巨繁重**的改革發展任務。 |
| 「巨好吃」 | 167 筆 | 我感冒了**巨難受**我煮的快熟麵**巨好吃**。 |
| 「巨冷」 | 160 筆 | 呵呵傷不起~偏偏今天降溫外面**巨冷**...教室**巨悶巨熱**。 |
| 「巨疼」 | 154 筆 | 顏色和 size 都讓我不想看它...脖子也**巨疼**。 |
| 「巨可愛」 | 92 筆 | 齊頭簾只是第一步^O^這個爺爺**巨可愛**。 |
| 「巨慢」 | 83 筆 | 長城寬頻網速**巨慢**。 |
| 「巨划算」 | 83 筆 | 自助早餐 15 塊**巨划算**。 |

　　其餘還「巨實惠」如：「逛街買到**巨實惠**的東西，超高興！」實際上根據 BCC 語料庫所示「巨+SV」所修飾的狀態動詞（中心語）共有 267 種類別，前十一位如表 5-3 在這前十一組中有五組的中心語是褒意（多、好、好吃、可愛、划算）其總合是 1,014 筆，其餘六組則是貶意（痛、複雜、繁重、冷、疼、慢）總和為 1,269 筆，雖然看似修飾貶意中心語大於修飾褒意中心語，但是這些數據並不能蓋擴所有用法，所以我們認為王思逸（2018）的觀察與 BCC 語料庫的數據，並不一定能夠反應「巨+AV」和「巨+SV」修飾語的全貌。

　　除了從語料庫觀察「巨」的詞彙共現外，周娟（2006）從語句位置認為「巨+X」可在句中充當必要成分的謂語（如：又沒交作業，老師一定對我巨有意見。）、賓語（打遊戲做點心自己還覺得巨 happy。）以及非必要成分的狀語（所有的人都（巨猖狂誇張地）大笑。）、補語（天橋下那個拉二胡（**拉得巨好**）的老大爺又回來了。）。這個說法就同於前述，「巨」因表達說話者對陳述對象的主觀化評價，所以「巨＋X」在句中當作為修

飾性的狀語與補語，在句中減省後並不會影響對話語的理解。

就上述共時語料庫顯示現代漢語「巨」修飾動作動詞、狀態動詞並沒有絕對的語意傾向，其次「巨」從表示超出主觀認知空間格局的大小，由於經常與動詞結構共現「巨」的語意經由隱喻延伸，表示超出一般主觀程度認知的範圍，進而成為一個修飾作用的強化詞。上述的分析與討論主要著眼於共時語料庫的呈現，胡麗珍（2008）依照歷時語意的發展，指出「巨」經歷了下列三個階段：首先從表名物性質（例9）到動作的狀態（例10）最後到表事物性質的程度（例12-13）摘舉數例如下：

(9)　於是使力士舉**巨囊**，而至於中溜。（《公羊傳・哀公六年》）

(10) 國者，**巨用**之則大，小用之則小。（《荀子・王霸》）

(11) 意思不專，俗情未盡，不能大有所得，以為**巨恨**耳。（《抱朴子・遐覽》）

(12) 光如激電，影若浮星。何神怪之**巨偉**，信一覽而九驚。（三國魏曹植）

(13) 嗣君聽於**巨猾**，每凜然而負芒。（《北齊書・顏之推傳》）

例(3)的「巨囊」即「大」指超出一般的體積，這個用法就如同本節一開始的「巨室」、「巨人」、「巨款」修飾名詞的用法；例(10)該文認為表示動作「用」的程度很大。由(10)到(11)可見到由一般動詞到心理動詞，因此當「巨」修飾心理動詞時更側重其程度。而當超過常規達到最高狀態時，因其功能擴展修飾狀態動詞而語法化為程度副詞，如例(12)「巨偉」表示特別、非常奇異；例(13)「巨猾」表示特別狡猾。最後該文認定在魏晉南北

朝時「巨」的程度副詞用法就已經出現，所以胡麗珍（2008）認為程度副詞「巨」在早期的歷史文獻中就已有用例，並不是新出現的副詞是屬於古義的延伸與繼承。

我們檢視胡麗珍（2008）所提供的語料來看，例(10)的結構提供了「巨」語法化的「分離/分裂」（Divergence/Split）演變契機，所謂動作「用」得很「大」[13]，意指加重或加強、強化動作都有表達高程度的意涵，這裡的「巨」就很容易被理解為是加強程度的副詞。我們從語料庫中（中國哲學[14]書電子化計畫）確實找到先秦文獻中的「巨用」如例(14)、(15)：

> (14) 國者，**巨用**之則大，**小用**之則小；綦大而王，綦小而亡，**小巨**分流者存。**巨用**之者，先義而後利，安不卹親疏，不卹貴賤，唯誠能之求，夫是之謂**巨用**之。（《荀子‧王霸》）

> (15) 周之遇太公，可謂**巨用**之矣；齊之用管仲，楚之用孫叔敖，可為**小用**之矣。**巨用**之者如彼，**小用**之者如此也。（《韓詩外傳》）

從這兩筆語料來看「巨用」與「小用」對舉，很明顯的並不是指空間的寬大或窄小，而是指動作程度的強化、弱化。除此之外還可以見到「巨」與其它動詞共現如下「巨嚙」、「巨損」：

> (16) 貢輕扇於堅冰之節，炫裘爐乎隆暑之月，必見捐於無用，速非時之**巨嚙**。（《抱朴子‧嘉遁》）

---

[13]　《王力古漢語字典》（2000：178）載：大，徒蓋切，去。可作狀語，表示範圍或程度的廣深，大大地。如：《詩‧魯頌‧泮水》章：憬彼淮夷，來獻其琛，元龜象齒，**大賂**南金。

[14]　漢籍電子全文和中國哲學書電子化計畫。

(17) 夫酒醴之近味，生病之毒物，無毫分之細益，有丘山
之**巨損**，君子以之敗德，小人以之速罪，耽之惑
之，鮮不及禍。（《抱朴子・酒誡》）

上面的兩例「嗤」可以當作動詞「譏笑」，或是狀態動詞表
示笑聲，「巨嗤」的對象應該是上述的「輕扇於堅冰之節，裘爐
乎隆暑之月」，所以這裡的「嗤」視為動詞「巨」用以強化動態
的結果。而「巨損」也有相同的結構，「損」是指「酒醴」會喪
失、減少、貶抑或損害身體及君子之德，所以「巨」也是強化動
作的結果。

胡麗珍（2008）認為例(11)「巨恨」是「巨」形成表強化程
度副詞的關鍵。但是我們進一步找尋歷史語料發現這個用法僅有
一筆，只出現在東晉時期的文獻《抱朴子》當中，又基於第二章
表 2-4 語法化的特性「頻率」此項標準，例(11)「巨恨」應該不
是「巨」成為程度副詞的關鍵。反觀「巨」與表示性質的狀態動
詞共現較為常見（如例 12-13）又如：

(18) 家有黃羊，因以祀之。自是已後，暴至**巨富**，田有
七百餘頃，輿馬僕隸，比於邦君。（《後漢書》）

(19) 而人之求奇，不可以精微測其玄機，明異希；或以貌
少為不足，或以瑰姿為**巨偉**，或以直露為虛華，或
以巧飾為真實。（《人物志・七繆》）

(20) 其水又東轉逕靈巖南，鑿石開山，因巖結構，真容
**巨壯**，世法所希。

(21) 對曰：昔秦為無道，百姓厭亂，**巨猾**陵暴，人懷漢
德，革命反正，易以為功。（《晉書》）

(22) 今于縣西歷山尋河，竝無過岠，至是乃為河之**巨**

　　**險**，即呂梁矣，在離石北以東，可二百有餘里也。
　　（《水經注》）

　　「巨富」是指財產豐碩[15]；「巨偉」形容人的相貌堂堂也可以形容都城樣貌；「巨壯」則形容雄偉壯大。例(18)-(20)都是傾向搭配褒意的狀態動詞；例(21)-(22)「巨猾」、「巨險」則是強調狡猾與危險的程度很高，傾向搭配貶意的狀態動詞。由上清楚的看到「巨+X」中 X（中心語）語意不斷的泛化，從具體的動作行為到狀態動詞（心理表徵）形容抽象性質，詞彙搭配關係促使「巨」由表示超出一般認知空間的概念，延伸表示強化超出尋常動作、性質狀態的副詞。

　　回顧的上述的分析與討論，「巨」主要是受到外在語用影響帶有說話者主觀化的評價，亦即從超出一般空間認知到超出動作、狀態認知的範圍。程度副詞「巨」主要修飾動作動詞、狀態動詞，在句中可當必要成分的謂語例(7)、(8)和賓語例(9)以及非必要成分的補語例(13)，「巨」由修飾名詞「**囊**」、「**人**」、「**室**」的修飾語類變/降類為副詞。按其歷時發展來看「巨」成為程度副詞的關鍵在於「巨+X」，X 中心語語意的泛化歷經名詞（囊、人、室、魚、骨、獸）；動作動詞（用、嚙、損）到狀態動詞（偉、猾、恨、壯、險）。副詞「巨」的語法化發展不僅涉及語用推理、主觀化、泛化、類變/降類等原則與假設外（參見第二章表 2-1、2-2），亦可藉由表 5-1 得到驗證「巨」是語法

---

[15] 從中國哲學書電子化計劃「巨富」在先秦文獻中僅有此筆，而漢代之後有 44 筆；「巨偉」先秦沒有語料，漢代之後有 6 筆；「巨猾」先秦沒有語料，而漢代之後有 11 筆。似乎表示了「巨」表示強化程度副詞的用法出現在漢代之後。

化隱喻（具體到抽象）的結果。

　　所以整體來說「巨」的共時語法化是語用推理、說話者主觀化的結果，也就是從對客觀外在的評價（空間或物品體形態超出一般量衡），經由這個評價推理達到表示對於事件狀態高程度的意涵，其抽象層級經由隱喻作用跨越了「**空間>性質**」的延展。其次，從結構來看「巨+名詞」如例(9)是表名物廣大又如：「姜原出野，見巨人跡，心忻然說，欲踐之。」《史記》[16]。這些都是用以描述物體空間的特性，而後「巨」的中心語帶有動作動詞、狀態動詞性如下例：

> (23) 吾子苟知老農之小功，未喻面牆之**巨拙**，何異拾瑣沙而捐隋和，向炯燭而背白日也。《抱朴子》

> (24) 劉超勤肅奉上，鍾雅正直當官。屬**巨猾**滔天，幼君危逼，乃崎嶇寇難。《晉書》

> (25) 安南都護鄧祐，韶州人，**家巨富**。奴婢千人，恒課口腹自供，未曾設客。孫子將一鴨私用，祐以擅破家資，鞭二十。《太平廣記》

> (26) 章邵者，恒為商賈，**巨有財帛**，而終不捨路歧，貪猥誅求。《太平廣記》

> (27) 此間有孝廉衛弘，疏財仗義，其家**巨富**；若得相助，事可圖矣。《三國演義》

　　以上各例顯示隨著中心語語意的泛化，「巨」原本由當作修飾名詞表示空間的概念，進而修飾狀態、事態的程度，所以才能

---

[16] 語料見中央研究院漢籍電子文獻資料庫 http://hanchi.ihp.sinica.edu.tw/ihp/hanji.htm。

在當代 BCC 和 PTT 語料庫中找到各種「巨+AV/SV」（參見表5-2、5-3 的語料）表示高程度的用法。

## 5.2.2 副詞「賊」的語法化觀察與分析

不同於「巨」是詞彙本身因為語用推理、主觀化、結構等因素造成語法化。約在 80 年代就有學者指出「賊」是東北方言的程度副詞。由於「賊」是從東北官話[17]經由語言接觸後進入目的語中，因此並不完全屬於新造的副詞，應屬於接觸所引起的變化（Contact-induced Language Change）[18]。

諸多學者已經認定程度副詞「賊」帶有東北官話的色彩（常純民 1983；聶志平 2005；姜天送 2014；李寅華 2016；張然2016；徐宏宇 2018）。雖然「賊」的用法與東北官話有關，但卻不限於該地區。陸志韋（1956）《北京話單音詞彙》就已經收入「賊」並稱為「前加副詞」（引自劉燕 2014）甚至擴張至冀魯官話、膠遼官話、蘭銀官話及吳方言中成為跨方言的溝通用語

---

[17] 若按照侯精一（2002：4）的分類，官話中的東北官話包含了內蒙古、黑龍江、吉林、遼寧共 183 個縣市合計約 8200 萬人口。

[18] Yaron Matras （2010：83） Contact-induced language change is consequently seen as change that is "external" to the language system. I follow an approach to language contact that is based on a view of language as the practice of communicative interaction, and According to this approach, the speaker's choice of structures and forms matches the linguistic task-schema that the speaker wishes to carry out of grammatical categories as triggers of language processing tasks. Change as system-internal: this usually implies that speakers are passive, and that changes happen to the grammar because of structural imbalances, system realignments, etc. In a radical interpretation of this, context does not matter in order to understand why change happens.

（引自陶玲 2011）。更劇者經由網路和媒體的傳播已經擴及到年輕人的語言社群。這點和程度副詞「巨」的現行趨勢相同都是集中出現在現代口語語體，但不同的是「賊」的來源是從外部的東北話引入屬於語言接觸後補償了語言耗損的空缺，而「巨」則是語言內部耗損所衍生的補償作用。

　　我們查詢《現代漢語詞典》[19]（2005）第五版中對「賊」的釋義為：方言詞，很、非常（多用於令人不滿意的或不正常的情況），對比第六版（2013）則刪去了括號中的說明。徐宏宇（2018）認為「賊」的語意帶有〔+度量，+高程度，主觀〕的特徵。值得注意的是《現代漢語詞典》第五版和第六版之間的解釋差異，暗示著「賊」由主觀貶意[20]到中性意甚至褒意的淡化過程。副詞「賊」的初始點顯然和「巨」帶有主觀化特徵相同，兩者都是表示說話者的評價，但是不同的是「巨」的本義就帶有「大」[21]的意涵，也就是超出一般的範圍或體積，因此從「空間」寬闊延伸至表示超出某「性質」程度；但是「賊」的本義就帶有貶意義涵，如何解釋從主觀貶意到中性意甚至褒意的淡化仍需進一步說明。

　　劉燕（2014）由 google 語料入手，主張「賊」的主觀貶意淡

[19]　《現代漢語詞典》是由中國社科院語言所辭典編輯室所編撰，屬於中國大陸規範性的語文詞典。最新版是 2016 年 9 月的第七版。

[20]　《王力古漢語字典》（2000：1329）載：賊，昨則切。有四個意項：表示殘害、傷害、敗壞；表示敗壞者、禍害；表示狠毒、殘暴；表示邪惡、不正派。

[21]　《王力古漢語字典》（2000：259）載：巨，其呂切，大。「為巨室則必使工師求大木」（《孟子・梁惠王下》）。從該例中能看到「巨」與「大」對舉，都是修飾名詞中心語。

化是因為詞彙共現成分出現明顯的褒意。例如：「賊漂亮」約1,300 萬筆；「賊多」約 7,100 萬筆；「賊好」7,000 萬筆；「賊便宜」約 600 萬筆。而「賊壞」約 1,600 萬筆；「賊賤」約 900 萬筆。由此觀之程度副詞「賊」都是當作為修飾狀態動詞、動作動詞的修飾語，這點和「巨」的修飾功能相同（參見表 5-2、5-3）。

我們將範圍鎖定在 BCC 語料庫中找到「賊+AV」的用法總共有 8,672 筆，「賊」所修飾動作動詞中心語共 1,703 類，從語料來看符合「賊+AV」的結構中有許多並不是「賊」當程度副詞，像是「賊笑」425 筆、「賊是」310 筆、「賊迷」231 筆（如：微博大禮回饋海賊迷）、「賊惦記」135 筆（如：攜巨額現金遭賊惦記）等，還有許多「賊+AV」結構中「賊」是名詞當主語或賓語（如：他不認為自己抓賊是不務正業；一次失了十年怕賊偷；差不多 10 年海賊的海賊迷）我們都經由人工挑選刪除後選出「賊+AV」排名前五位[22]，如下表 5-4：

**表 5-4：BCC 語料庫中「賊+動作動詞」的類型**

| 類別 | 筆數 | 例句 |
|---|---|---|
| 「賊有」 | 149 筆 | 第一口有點太甜了**賊有**你風格。 |
| 「賊死」 | 91 筆 | 雲南一天真的是四個季節，白天熱的**賊死**。 |
| 「賊想」 | 58 筆 | 他肯定覺得我沒治了我現在**賊想** 9 號考完晚上找人包夜聯求生。 |
| 「賊喜歡」 | 40 筆 | 這年白過了，感謝！我**賊喜歡**《土地》的那幾集。 |
| 「賊愛」 | 22 筆 | chengzi 姐最近**賊愛**套頭衫！ |

---

[22] 我們剔除了一些因為斷詞所致的「賊」名詞用法，例如：海賊無雙、山**賊遇到**桃花劫、海賊迷、偷衣**賊是**、被**賊偷**了、車窗留縫隙小心**賊惦記**、海賊控。還有「賊」不屬程度副詞的用法，例如：**賊笑**。

　　從以上的詞彙共現而論，大抵能看出「賊+AV」類型分布不如表 5-2「巨+AV」來得多樣，但是可以略見「賊+AV」的詞彙共現與「巨 AV」傾向修飾褒意的中心語，像是「賊愛」、「賊喜歡」、「賊想」；但是不同的是「賊」的本義帶有貶意色彩，所以如果從詞彙共現來看「賊」的語意淡化可能是因為詞彙共現所致。我們再看「賊+SV」共有 2,154 筆[23]總共可以分為 400 種類別，其中前十一位如下表 5-5：

表 5-5：BCC 語料庫中「賊+狀態動詞」的類型

| 類別 | 筆數 | 例句 |
|---|---|---|
| 「賊禿」 | 260 筆 | 幹什麼賊禿兮兮的 |
| 「賊好」 | 133 筆 | 梵古今晚心情賊好；今兒天氣賊好；這首歌很難唱的阿妹唱的賊好 |
| 「賊多」 | 110 筆 | 此口號完爆新聞傳播，光棍賊多；小譚豆花，吃飯的人賊多 |
| 「賊冷」 | 79 筆 | 大叔，我們想你了，大連賊冷，注意保暖啊 |
| 「賊大」 | 72 筆 | 回來發現電腦顯示器賊大；最不滿的事情是瀋陽的風賊大 |
| 「賊快」 | 64 筆 | 它個頭大，又跑得賊快；時間像兜裡的銀子，花得賊快 |
| 「賊羞澀」 | 57 筆 | 學霸每天要督促學習，女學渣賊羞澀小聲嘟囔 |
| 「賊貴」 | 50 筆 | 值得普及！豬肉賊貴；看中了這件衣服，但是賊貴 |
| 「賊精」 | 40 筆 | 這年頭越是怪物越賊精；白貓傻，黑貓賊精 |
| 「賊可愛」 | 29 筆 | 今天結實了一小帥哥賊可愛；小侄女活蹦亂跳的跑出校門，賊可愛 |
| 「賊亂」 | 28 筆 | 我的床和櫃子都是賊亂 |

---

[23]　筆數共 2,301 筆但是刪除了「賊一樣」，因為這兩類的「賊」都是當作名詞，如：像做賊一樣四處張望。

其餘還有「賊開心」、「賊漂亮」、「賊好看」、「賊香」、「賊差」等等。將表 5-4 和表 5-5 對照可以見出「賊+AV」的詞彙共現限制集中在褒意動詞「愛」、「喜歡」，而「賊+SV」可以搭配中性意、褒意「賊多」、「賊大」、「賊好」、「賊精」、「賊可愛」等等用法，從共時語料來看「賊+AV」、「賊+SV」較傾向與中性意、褒意詞共現。

上述從共時語料庫來看，「賊」所修飾的中心語並沒有完全傾向任何褒意或貶意，但是可以知道的是「賊」和「巨」都是帶有主觀特徵，表達說話者對動作、狀態強化的特性，而「賊」如何演化為程度副詞？底下將從歷時角度討論。

陶玲（2011）指出在明清文獻中就已經出現程度副詞「賊」的用法，文中認為造成語法化的原因是因為句式結構所致，我們把路徑整理如下：

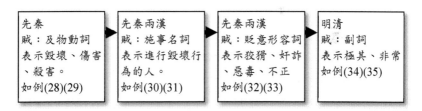

(28) **賊賢**害民，則伐之。疏：賊，虐。（《周禮·夏官·大司馬》）

(29) 不僭**不賊**。注：賊，傷害也。（《左傳·僖九年》）

(30) 夷吾寡人之**賊**也。（《呂氏春秋》）

(31) 商君，秦之**賊**。秦強而賊入魏，弗歸，不可。（《史記·商君列傳》）

(32) 鼮，鼠身長鬚而賊，秦人謂之小驢。（《爾雅·釋畜》）

(33) 有賊星，有鬭星，有賓星。（《呂氏春秋》）

(34) 賊沒廉恥的貨！頭裡那等雷聲大雨點小，打哩亂哩。（《金瓶梅詞話》）

(35) 水涌夏不暑，賊寒寇我足。（焦循〈足疾詩〉）

陶玲（2011）認為「賊」的本義表示毀壞當作及物動詞，之後指涉為「進行毀壞的人」具有動作和施事者的語意相關性，由於動詞和名詞的「賊」都帶有貶意所以引申出形容詞，最後生成副詞修飾動詞、形容詞。文中指出由形容詞到副詞的關鍵是：形容詞「賊」常與其它形容詞並列為謂語成分，因此「賊」出現在形容詞前處於副詞修飾形容詞的狀語位置，這就提供了語法化為副詞的語法結構。如下例：

(36) 言之不可復者，其言不信也；行之不可再者，其行賊暴也。故言而不信則民不附，行而賊暴則天下怨。（《管子·形勢解》）

(37) 始條侯以為禹賊深，弗任。（《史記·酷吏列傳》）

(38) 仁杲多力善騎射，軍中號萬人敵，性賊悍。（《新唐書·薛仁杲傳》）

陶玲（2011）的論述對於程度副詞「賊」的歷時發展提供了可靠的訊息，但是卻未能解釋表 5-4、表 5-5 現代漢語中「賊愛」、「賊喜歡」、「賊好」、「賊可愛」的成因。我們認為「賊」語法化為副詞的關鍵應該從兩個角度來看：第一是認知發展也就是同樣承襲 Heine 等（1991）的隱喻擴展層級（見表 5-1）：

**PERSON>OBJECT>ACTIVITY>SPACE>TIME>QUALITY** 由

左至右是語法化的隱喻（具體到抽象）。說話者主觀認定「賊」的對象帶有負面的意涵也就是表示進行毀壞行為的人，所以應該是先從「施事名詞」起始，例如：

(39) 子曰：幼而不孫弟，長而無述焉，老而不死，是為**賊**！（《論語》）

(40) 子曰：鄉原，德之**賊**也。（《論語》）

(41) 不教而殺謂之虐；不戒視成謂之暴；慢令致期謂之**賊**。（《論語》）

這幾個例子很明顯的「賊」都出現在表示存在動詞「是為」和屬有動詞「謂之」之後當作名詞賓語。另外亦可見到「賊」當作「動作及物動詞」表示此對象所呈現毀壞、傷害、殺害的動作，例如：

(42) **賊仁**者謂之賊，**賊義**者謂之殘，**殘賊**之人謂之一夫。（《孟子》）

(43) 有是四端而自謂不能者，**自賊者**也；謂其君不能者，**賊其君者**也。（《孟子》）

(44) 上無禮，下無學，**賊民興**，喪無日矣。（《孟子》）

這幾個例子可以看到「賊」當作動作及物動詞後接賓語（仁、者、君、民），特別是例(42)表示損害仁義道德的人稱為「賊」，所以「賊」的名詞與動詞之間的這兩階段的先、後與陶玲（2011）有所差異，但是實際上這種名詞、動詞之間的先後轉換非常難以有絕對的認定，像是《王力古漢語字典》（2000：264）的例子，「帥：同率。帶領、遵循；將帥」有動詞、名詞兩類；又如「師：軍隊編制；教師引申為效法；有專門知識的人」，所以由此來看動詞、名詞的先後之別，並無關鍵性的影響

「賊」初始的主觀化和語法化隱喻發展，但是若照表 5-1 的序列而論「賊」可從人到動作再到性質的隱喻延伸。

　　第二從詞彙共現來看，「賊」從貶意的動詞例(28)、(29)和名詞例(30)、(31)，到成為修飾帶有貶意的中心語例(32)、(33)也就是兩個並列的狀態動詞（賊、鬮、賓）又如：

　　　(45) 桀，天下之**殘賊**也；湯，天下之盛德也。（《春秋繁露》）

　　　(46) 民家給人足，**無怨望忿怒**之患，強弱之難，無**讒賊妒疾**之人。（《春秋繁露》）

　　　(47) 王莽竊位，託疾杜門。自後**賊暴從橫**，殘滅郡縣，唯至廣武，過城不入。（《後漢書》）

　　　(48) 劉端為人**賊盭**，又陰痿，一近婦人，病數月。（《今樓子》）

　　這些例子可以見到「賊」與其它的狀態動詞同時並列，像是例(45)可對照例(42)**賊仁**者謂**之賊**，**賊義**者謂之殘，**殘賊**之人謂之一夫。例(45)的「殘賊」可視為兩個狀態動詞並列所指對象都是「桀」；例(46)「讒賊妒疾」同樣也是兩組雙音狀態動詞並列；特別是例(47)「賊暴從橫」是表示又…又兩個並列的狀態動詞所指對象都是「王莽」；例(48)「賊盭」《教育部重編國語辭典修地定本》將「盭」解釋為：ㄌㄧˋ形容詞表示凶暴乖戾，由此可知「賊盭」就是兩個狀態動詞並列，經由重新分析（Reanalysis）為狀中結構如所示：S+[SV+SV]->S+[Adv]+[SV]就如例(36)-(38)可以看到「賊」所修飾的中心語帶有貶意屬性（暴、深、悍），其它的用例如：

　　　(49) 這潘金蓮**賊留心**，暗暗看著他。坐了好一回，只見

先頭那丫頭在牆頭上打了個照面，這西門慶就踏著梯
凳過牆去了。（《金瓶梅》）

(50) 金蓮聽了，向玉樓說道：**賊沒廉恥**的貨！頭裡那等
雷聲大雨點小，打哩亂哩。（《金瓶梅》）。

(51) **賊忘八**，你也看個人兒行事，我不是那不三不四的
邪皮行貨，教你這個忘八在我手裡弄鬼（《金瓶
梅》）

(52) 被金蓮和玉樓罵道：**賊油嘴**的囚根子，俺每都是沒
仁義的？（《金瓶梅》）

(53) 等我回去告訴嬤嬤們，一定打你個**賊死**！（《紅樓
夢》）

　　上面的這些語料都來自於明清時期的通俗文學作品，特別是
《金瓶梅》屬於山東地方的文獻，由此更可以證實現代漢語的程
度副詞「賊」有一定的區域流行度，而直到現代漢語「賊」亦可
修飾褒意的形容詞、動詞（如：表5-4、表5-5），促成的關鍵在
於詞彙共現的淡化。我們再輔以臺灣 PTT 八卦版語料庫（2020
年-2021 年）共有 910 筆「賊」，「賊+SV」當程度副詞不超過
12筆，其中有6筆語料看似「賊」修飾較為褒意如：「就缺電沒
電市長還要解釋這些**賊好笑**」、「俄羅斯的將軍跟臺灣一樣**賊
多**吧」、「養狗當然養像狗的貓薩摩耶**賊可愛**」、「星海爭霸
看過了機槍海配醫護兵**賊猛**」、「領導萬歲巨好玩純蠢的親親
老鐵，**賊好吃**」、「也去買一千萬的房子阿，再賣掉**賊好
賺**」。這幾筆語料和表 5-5 的結果相同顯示「賊+SV」較傾向修
飾褒意。如果正如陶玲（2011）所舉之例(32)-(39)古漢語中
「賊」用以修飾貶意形容詞，那麼現代漢語「賊可愛」、「賊好

吃」、「賊好」等的詞彙共現將程度副詞「賊」的語意淡化。此外，也看到 PTT 八卦版語料庫網友詢問程度副詞「賊」的用法如：「各位宅宅水水下午好最近常聽到**賊厲害**、**賊牛**、味道**賊濃**查了下發現「賊」竟然是很、very、特別的意思有沒有這個是什麼時候開始用的雖然怪怪 der」。

藉由上述的討論與分析，可以了解以東北話為來源的「賊」參照 BCC 語料庫數據（表 5-4、表 5-5），「賊」確實傾向與表褒意的中心語共現，能夠顯示「賊」的語意淡化正在不斷發展中。這個概念如同 2.2.1 節提到語法化首先表現在詞彙、語法意義的淡化其結果是詞性的改變，也呼應 2.4.2 節動詞「死」的語意淡化。

綜合兩個程度副詞「巨」和「賊」的語法化，「賊+X」和「巨+X」的語法功能也有相同的特點，像是可在句中充當必要成分的謂語、賓語以及非必要成分的狀語、補語，但是有個很明顯的差別是「巨」是在一個「有界範圍」的空間之內，經由隱喻作用而形成表達高程度性質的意涵，走的是 **SPACE>TIME>QUALITY**；而「賊」從原先表示破壞性動作，或表示做動作的人，再用以修飾此類動作的貶意狀態性質，最後因為結構的重新分析形成副詞，並經由詞彙共現產生語意淡化而不帶貶意的副詞語意，隱喻語法化的過程即如：**PERSON>OBJECT>ACTIVITY>SPACE>TIME>QUALITY** 雖然「巨」和「賊」最終都成為了程度副詞，但是兩者的語法化路徑以及形成來源（語言接觸、語言內部系統）有所不同，還有「巨」修飾褒意中心語的用法早有用如例(18)-(20)，而「賊」的修飾褒意的用法遲到當代漢語如表 5-4、表 5-5，所以現代漢語副詞「賊」是一種正在進

行中的語言變化。除了漢語有「賊」強化褒意的意涵外，從跨語言的語料來看也有和「賊」相似的用法。

### 5.2.3 跨語言的觀察

　　漢語帶有貶意的「賊」語法化為加強程度的用法，在世界語言中並不算特例[24]。先從漢語方言語料談起。段福德（2008）指出永新話（贛西－贛方言）中的「惡」可表高程度意思同於「很」、「相當」如：「咕個學生惡厲害，次次考第一」、「你來得惡準時」，另外 Kuteve & Heine（2019：68）從跨語言語法化指出有些語言可以從"Bad"（Bad/Terrible）>Intensifier（強化詞），因此英語"Bad" > "Badly"[25]可以說"That hurts me badly."（那件事對我傷害很大）；"I need it badly."（我非常需要它）。除此之外，"Badly"也可以用來強化正面的意涵如：A："Hey man, what did you think of that band tonight?"；B："yeh man, they were really badly good."這裡的"Badly Good"意指"That's good"表示令人印象深刻[26]。除了英語德語的"*furchtbar*"（Terrible 可怕）亦能形成強化詞如下例：

---

[24] 除了下文簡述的兩個詞之外，現代漢語的「暴」實際上也是一個從貶意到程度意的例子。如：「喉管也和淚腺一樣起著暴痛」（BCC 語料庫）。古漢語中也有相同用例如：「忽見訥人，暴喜，恍恍以驚；又睹誠，喜極不復作言，潸潸以涕」（《聊齋誌異》，張誠）。

[25] 英語的"badly"在劍橋字典中顯示屬於非正式用法（not standard），可表示"much or very much"如：*He needs the money really badly.*（它真的非常需要這筆錢）

[26] 語料見：https://www.urbandictionary.com/define.php?term=badly%20good。

***German***

(a) *Das ist furchtbar.*
 that is terrible
 'That is terrible.'
(b) *Der Pudding schmeckt furchtbar gut.*
 the pudding tastes terribly good
 'The pudding tastes terribly good.'

　　從 A 例來看 "furchtbar" 當作補語，而 B 例 "furchtbar" 則是當作副詞修飾形容詞 "gut"。依據英語和德語的用法 "Bad" 的意涵本身都屬於貶意的描述性質（Quality）但是說話者可能基於語用的反向，進而使聽話者在語句中英語 "Badly Good" 或德語 "furchtbar gut" 推理出極端的好的概念，因為結構搭配的關係形容詞 "Bad" 語法化為副詞 "Badly" 而且因為所修飾的形容詞具有正面意涵，所以 "Badly" 的負面意義淡化為正面修飾。這一階段的變化和前述 BCC 語料庫中「賊」修飾褒意的中心語「賊美」、「賊好吃」、「賊漂亮」等有相同的路徑。除了漢語、英語、德語，屬於尼日－剛果語族（Niger-Congo）的 "Baka" 語中 "sítí" 表示 "Evil"，"Malice"，"Bad"，"Malignant" >Intensifier（Very/adverb）如下例：

(a) *ʔe ko siti.*
 3:SG very bad
 'That's very bad.'
(b) *bo ké ɓà mɛɛ́bèlà sítí na méɛ̀.*
 person DEM do work bad INF DO
 'This man works very well.'

可以看到例 A "siti" 當作形容詞前面有副詞 "ko"；例 B "sítí" 出現在（不定詞 Infinitives/INF）之前當作副詞修飾動狀

詞。Kuteva & Heine（2002, 2019：69）文中說道[27]：

*This grammaticalization illustrates a more general process whereby adverbs denoting negatively valued qualities may become intensives ... In the course of this process they tend to lose their negative connotation and the emotional force the once had.*

　　這個語法化過程揭示出一條普遍過程，即帶有負面色彩的副詞可以語法化為程度詞…這些詞在語法化的過程中會失去負面意涵和語意色彩。

　　從以上的討論，我們能夠揭示第二章所提到的語法化具備普遍性、漸變性原則，這類負面形容詞語法化為程度副詞的速率也不盡相同，像是表 5-4、表 5-5，BCC 語料庫「賊」經由與正面意義的形容詞搭配，其本身的負面意義持續淡化並可以修飾多種狀態動詞、動作動詞；而如上節 PTT 八卦版語料庫的「賊」是一種正在進行中的變化，雖然有修飾褒意的動作動詞、狀態動詞，但不論是數量、型態都少得很多。此外英語、德語等語言"Bad" > "Badly" 除了可以看到語意變化外，詞形變化也顯而易見，但同樣的用例較不普及出現在特定的語用環境中，藉由聽話者、說話者的推理達到語言理解的事實。

---

[27] 文中也舉 Archaic Chinese shen（甚）'severe, serious', adjective > shen 'very', intensive marker. 但是沒有解釋這些語法化的發展關聯。

# 5.3 討論

　　本章以語法化理論論述了兩個新興程度副詞「巨」、「賊」的發展，並搭配共時語料庫、歷時文獻語料建構出兩者的發展路徑。我們發現兩個新興副詞在共時語料庫中有許多使用類型重疊之處，例如修飾動作動詞「巨想」、「賊想」；「巨愛」、「賊愛」；「巨喜歡」、「賊喜歡」；「巨有 X」；「賊有 S」，又如修飾狀態動詞「巨多」、「賊多」；「巨好」、「賊好」；「巨冷」、「賊冷」；「巨可愛」、「賊可愛」。除此之外，兩個程度副詞所修飾的中心語，並沒有絕對傾向褒意或是貶意（詳見表 5-2 到 5-5）。

　　從歷時角度來看「巨」和「賊」的發展有不一樣的起點。「巨」是由語言結構本身引起的語法化歷程，而「賊」是因為方言的語言接觸進入到共通語當中。但是這兩者可以透過同一個理論獲得解釋，即表 5-1 和 Heine 等（1991：51-53）隱喻擴展層級 PERSON>OBJECT>ACTIVITY>SPACE>TIME>QUALITY。

　　「巨」由說話者主觀認定空間超過一般範圍而稱為「巨」修飾名詞，例如(1)-(3)，而「巨」因與動作動詞共現表示極其努力、用心做某個動作，例如(14)-(17)，隨著動作動詞泛化為狀態動詞，例如(11)-(13)及(18)-(22)，此時原先的名詞「巨」因為詞彙共現搭配，並隨著中心語的降類、淡化成為表示強化的程度副詞，即從空間到性質的隱喻延伸。反觀「賊」按照 Heine 等（1991：51-53）的序列所示應該是由人，例如(30)-(31)及(39)-(41)開始進而表示人所做的動作，例如(28)-(29)及(42)-(44)，接著與「賊」並列的動詞不僅僅是動作類，而是表狀態類如例(45)-

(48)，這也就提供了「賊」由動作動詞降類為強化程度副詞的契機，如例(49)-(53)而且出現在帶有山東方言色彩的文獻中。

上述經由共時語料庫、歷時語料的討論「巨」和「賊」，兩者都可以說是正在進行中的變化，特別是從表 5-2 至 5-5 看到現代漢語中這兩個程度副詞可與不同的褒意動作動詞、狀態動詞共現，而這個現象不只在漢語裡也存在跨語言的例證。

## 5.4 本章結論

本章立基於語料庫觀察與理論分析，試圖為兩個新興副詞「巨」與「賊」勾勒出語法化的演變路徑。首先，我們認為「巨」與「賊」是近年出現的副詞，更明白的說這兩個副詞有別於典型的「很」、「十分」、「非常」等，這是語言更新、競爭、取代與擇一的結果（參見 5.1 節）。接著 5.2 節透過大量的共時、歷時和跨語言語料分析、解釋「巨」與「賊」的語法化動因、機制、原則與假設。可以描繪如圖 5-1 和 5-2：

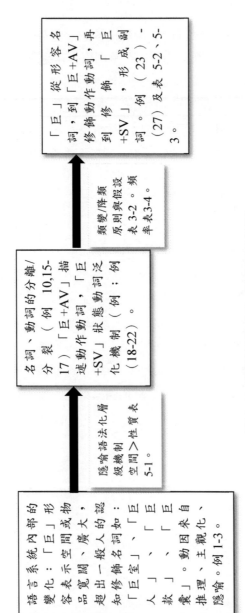

圖 5-1：程度副詞「巨」的語法化路徑

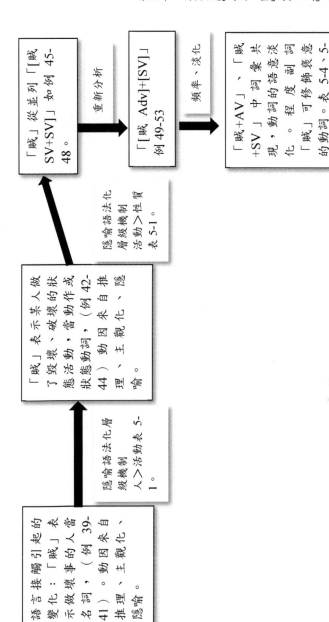

圖 5-2：程度副詞「賊」的語法化路徑

　　我們進一步將圖 5-1、圖 5-2 和圖 2-1 的語法化過程中不同機制的階段對比，就會發現確實在「巨」和「賊」的初始階段，「隱喻」起了重要的影響，而且產生「主觀化」的同時「推理」機制也貫穿了「巨」與「賊」語法化的階段，特別是在中期之前「推理」幫助了語言使用者理解「巨」、「賊」，從空間到性質、從做動作的人到動作的本身的過程，中後期之後出現「降類/類變」、「重新分析」、「泛化」和「淡化」的原則。需要注意的是副詞「巨」和「賊」僅限於語法化的實詞虛化階段，而尚未達到虛詞虛化的中、後階段（參見 2.2.1 節的論述）。

　　本章從語法化理論著手分析新興副詞「巨」、「賊」的演變，並藉由現代漢語語料庫和歷時文獻料語料建構兩個新興程度副詞的發展路徑，未來亦可進行同類副詞（如：惡、怪、狂、暴）的相關研究，探其發展路徑是否與「巨」、「賊」有類推機制，另外也可借鑑 5.2.3 節的跨語言觀察，為漢語的新興副詞找到語法化的類型學與普遍性。

# 第六章　結論與展望

　　本書透過文獻計量方法、視覺化、語料庫三項工具，討論詞彙化、語法化的理論框架與應用分析，立論於當代語言學的基礎之上，並且引入新式的文獻分析法，同時也以歷時、共時視角分析語料，並提出我們的看法及語言發展路徑。本章是整本書的尾聲一共分為兩個子題討論：結論、展望。結論是將前述各章的核心議題整理並串聯，建立一個體系完結；展望則是本書在研究過程中不足，或是未來可再進一步深究的問題。

## 6.1 結論

### 6.1.1 語言學與語文學的互補、互惠

　　徐烈炯（2008：227）指出：古人對語言進行研究時，偏重於音韻、詞意、文字，較少考慮語言結構。所以早就有音韻學、文字學、訓詁學，而長期沒有語法學。歷來注重對個別事實的觀察而缺乏對整體系統性的思考。在這樣的傳統之下，容易傾向繼續進行對語言的人文學方面的零散研究，而不容易發展對語言進行科學性的系統研究。

　　這段話並非是直指傳統語言研究的侷限，而是正面的指引了語言研究應有的趨勢與格局。因此，我們在第一章討論了語法、

章法之合與分。倘若以語文學（Philology）出發注重文學文本分析、對仗、修辭、組織句式、敘事結構，那麼將英語的"Grammar"稱為「文法」、「章法」（文章（學）之法）更為恰當，尤其是將重心放在教學、師培的目標（詳見 1.2 節）。反之，倘若以語言學（Linguistics）為初始注重語句結構的「語態」、「句式」、「格位」、「句類」等將"Grammar"稱為「語法」更能體現出名實相符，因此 1.3 節則論述了章法、語法之分，並將廣義的「文法」體系呈現在圖 1-2，將「文法/語法」、「修辭」、「章法」依據不同的目的、內容、方法、基礎進行了細緻的劃分。主要的目的除了呼應徐烈炯（2008）文中的論述外，亦期待語文學和語言學的互補及互惠交流。

## 6.1.2 質化探索與計量方法

本書的第二章進入文獻質化的討論。我們建立在歷時、共時的角度討論了詞彙化和語法化的定義、概念（見 2.1.1 節、2.2.2 節）。詞彙化是由詞組、短語凝結為詞的過程，是一種概念範疇的編碼（Coding）；語法化則是實詞到虛詞、虛詞到附著、詞綴的過程，不斷的產生語意減損、語音耗弱等的過程。除此之外。2.1.2 節、2.2.2 節也論述了詞彙化的機制、條件，以及語法化的原則與假設，詳細可見表2-1、表2-2。最後對比了兩項理論的共性、殊性，總結在表 2-4，我們支持學者的看法詞彙化、語法化都是建立在同一方向的單向性原則，兩者的關係並非對立，而且有許多共同的演變屬性，像是漸變性、融合、隱喻化、轉喻化，也有不同的屬性像是類型普遍差異、能產性、主觀化等。經由各類文獻論述後，我們發現不論是詞彙化還是語法化，兩者都存在

著複雜且多樣的研究論述，像是對於語法化產生的動因，還是哪些機制是語法化過程中必要的條件？學者尚未有一個共同的概念，我們推測由於學者所掌握的語言類型、現象有所不同，因此基於語言實證性的概念，所得出的結論及描述語言變化的成因亦有所不同。

為了能更清楚支持上述了論點，本書第三章嘗試新的範式，以往的文獻回顧大多注重質化討論，也就是較缺少科學性、數據性的來源根據，所以我們使用了 Histcite 和 VOSviewer 兩套軟體，試圖對本書的研究主題－詞彙化、語法化，進行計量、視覺化的觀察。主要發現詞彙化研究涉及了較多跨領域的研究，包含心理學、計算機語言學、教育學等，所以在圖 3-4a 中可以看到期刊 *Cognition*，不僅是 TLCS 引用最高 TGCS 也是最高，相較之下語法化研究集中在語言學科之內，所以圖 3-4b 業內期刊 *Linguistics* 是最受到關注的刊物。從重要作者的背景來看，不論是詞彙化還是語法化，這些語言學者都具備跨領域的知識，如圖 3-5a,b 所示學者的專長涵蓋了雙語、語言類型、心理語言學、法律語言學等背景，足以顯現這兩項理論的多樣、多元發展。

此外我們也透過「引文編年圖」如圖 3-7a,b 將詞彙化和語法化歷年重要的論文，以歷時序列呈現並連繫論文之間的關聯性，對於研究者來說能有綜觀的視野。最後是透過 VOSviewer 視覺化的探索詞彙化、語法化的關鍵詞類聚，如圖 3-11、圖 3-12。語法化所涉及的團簇（Cluster）分為七類，涉及了特定的語言結構、演變發展與習得規律、語用言談、特定詞類、構式語法等議題；相較之下詞彙化的團簇（Cluster）較少，集中在認知心理與習得、特定概念與語言、相關學科議題三個團簇（Cluster）。藉由

計量和視覺化的探索，可以使研究者更直觀的了解當前研究的趨
勢。透過本章的文獻計量論述後，可以概括的回答第二章質性文
獻的複雜性，主要是因為詞彙化、語法化研究作者背景的多樣
性，同時文獻之間的跨度較大以及所掌握的語料不同，因此發散
出各類不同的關鍵詞團簇，所以對於整理或回顧這兩項理論框架
並不能從單一角度切入，而須視語言類型、結構差異進行分析。

### 6.1.3 語料庫語言分析

　　有了前面三章的理論框架、文獻計量背景，第四、五章分別
論述了語音象徵詞的詞彙化轉類、新興副詞「巨」、「賊」的語
法化歷程。第四章討論語音象徵詞包含了擬聲、諧音、音譯等，
這些詞都是高度詞彙化的詞，而一般的學者都將之歸為「虛
詞」，但是藉由語料庫的觀察，這些鮮活的語音象徵詞不僅具備
擬聲虛詞的特色，更具有擬態實詞入句後擔任句中各種語法功能
（主、謂、賓、定、狀、補語），因此對於語音象徵詞是否應是
為「虛詞」，我們認為應該放在「動態語法」的框架中，體現虛
詞活用為實詞的本質。

　　除了看到「虛詞到實詞」的詞彙化轉類，第四章也討論了
「詞法到語法的變化」，像是一些語音象徵詞破壞了詞彙完整準
則，進入「V 不 V」、「想 V 就 V」的動詞結構特徵。4.3 節綜
合討論「虛詞到實詞」、「詞法到語法的變化」，並呈現
Lehmann（2002）分析法及完型法不同梯度的樣貌如圖 4-1。這
些時而作複合詞、時而作離合詞的語音象徵詞，即是在不同的梯
度之間轉換，其重點凸顯了說話者語言使用的重要性，也就是本
章 4.4 節認為操縱詞彙在不同梯度之間轉換，主要是因為「動態

語法」的原因，藉此也同時呼應第二章討論詞彙化、語法化理論中的語用推理及認知心態。

　　第五章討論程度副詞「巨」和「賊」的語法化。這兩個副詞的使用搭配、運用方式不如「很」、「十分」、「非常」等典型副詞，所以有學者認為這兩個副詞具有非典型特徵，而本章稱為新興副詞。接著從共時料看起（見表 5-2 至表 5-5），這兩個副詞都可以修飾動作動詞、狀態動詞，甚至有些相同的中心語成分，例如：「愛」、「討厭」、「好」、「想」等（可參見 5.3 節），也就是具備這類的共同現象，促使後續從歷時語料找尋其發展路徑。

　　本章認為這兩個新興副詞都是經由主觀化、推理的動因促成演變的開端，但是「巨」屬於語言結構的變化，而「賊」是語言接觸後產生的。此外，「巨」是由空間到性質的隱喻語法化影響；「賊」則是從做壞事的人到指涉毀壞、破壞的動作，再到貶意性質並修飾負面的意涵。這兩個副詞的形成可以用同一項理論獲得解釋：Heine 等（1991：55）建構了一個鍊狀隱喻抽象性的基本範疇，PERSON>OBJECT>ACTIVITY>SPACE>TIME>QUALITY。「巨」是由主觀性的認為超出一般空間認知的範圍，而延伸至表示動作或狀態超出可接受的程度，而「賊」是從名詞和動詞之間表示人及動作，經由兩個並列狀態動詞重新分析（參見該章例45-48）為程度副詞，詳細的路徑參見圖 5-1、圖 5-2。除此之外，這類帶有貶意的副詞經由漂白表達正面程度的用法，也出現在跨語言的用法當中（參見 5.2.3 節）。總體來說，這類新興副詞仍屬正在進行中的變化，後續的語料觀察與分析可持續關注。

## 6.2 展望

本書雖然如實的呈現各類文獻、語料分析，但仍有許多不足之處未來可提供進一步研究：

1. 知識體系的全面性：第一章主要針對 "Grammar" 的知識體系討論，並分為文法、語法、章法、修辭的不同，與之相似的 "Syntax" 我們未能處理。尤其是一般將 "Syntax" 視為形式學派的理論；而 "Grammar" 較偏向功能學派，這之間的知識體系能為漢語語言學乃至傳統的語文學提供什麼樣的啟示？並如何影響學習者的知識養成？這是未來可以進一步釐清的思維。

2. 文獻計量方法的侷限性：如第二章所本書所使用的資料庫為 WOS 主要是英文的文獻，而無法反映兩項理論的全貌，尤其是近幾年漢語語言學家對這兩項議題的研究也不在少數，因此未來應該更需要參考像是 CNKI、TCI 等中文文獻資料庫，才能更全面的了解計量文獻的差異與引文編年。而且也能透過關鍵字的類聚找到更集中的研究議題。

3. 語言分析與發展路徑的描繪：雖然本書強調歷時、共時兩個視角，然而實際上在進行語言分析時較偏重共時語料庫的觀察，對於歷時發展著墨較少特別是「巨」、「賊」的歷史發展、語言接觸的成因、來源探究都值得未來再進行更清晰的描繪。另外，對於共時語料的處理也較缺乏細緻的量化，由於使用了多類語料庫（BBC、PTT、Google、漢籍）雖然能夠發現語言鮮活的特點，但是交織不同的語料難以分辨語體（報章、網路新聞、口語、文學作品等）的差異，這也是未來可以再細化探討的方式。

# 參考文獻

## 中文類

1. 刁晏斌（2017）。〈海峽兩岸語言融合的歷時考察〉。《雲南師範大學學報》（哲社版），1，17-28。

2. 文　旭（1998）。〈語法化簡介〉。《當代語言學》，3，47-48。

3. 王　力（1962、2013）。《中國語言學史》。北京：中華書局。

4. 王　力（2000）。《王力古漢語字典》。北京：中華書局。

5. 王思逸（2018）。〈新興程度副詞「超」、「巨」的功能用法及語義特徵〉。《西北成人教育學院學報》，6，86-91。

6. 王福庭、饒長溶（1961）。〈應該用「語法」〉。《中國語文》，2，37-40。

7. 王曉梅（2021）。《馬來西亞華人社會語言研究》。北京：商務印書館。

8. 王燦龍（2005）。〈詞彙化二例——兼談詞彙化與語法化的關係〉。《當代語言學》，3，225-236。

9. 田小琳、石定栩、鄧思穎（2021）。《全球華語語法——香港卷》。北京：商務印書館。

10. 田意民、曾志朗、洪蘭（2002）。〈漢語分類詞的語義與認知基礎：功能語法觀點〉。《語言暨語言學》，3（1），101-132。

11. 伍靜芳（2009）。〈漢語擬聲詞的動詞化與轉喻〉。《修辭學習》，2，52-58。

12. 朱　磊（2017）。〈新興程度副詞及其功能拓展研究綜述〉。《漢語學習》，4，53-61。

13. 朱冠明（2005）。〈情態動詞「必須」的形成和發展〉。《語言科

學》，03，57-67。

14. 何大安（2000）。〈臺灣語言學的創造力引言〉。《漢學研究》，
    18，1-6。

15. 何萬順（2009）。〈語言與族群認同：從台灣外省族群的母語與台灣
    華語談起〉。《語言暨語言學》，10（2），375-419。

16. 何萬順（2010）。〈論台灣華語的在地化〉。《澳門語言學刊》，35
    （1），19-29。

17. 吳佳芬（2017）。〈跨文化敏感度研究書目計量學分析：以 1992 至
    2016WOS 資料庫為基礎〉。《國際文化研究》，13（1），27-66。

18. 吳佳芬（2018）。〈華語文教學研究文獻計量學分析：以 1992 至 2016
    WOS 資料庫為基礎〉。《科學與人文研究》，5（3），144-169。

19. 吳佳芬（2019）。〈Histcite Pro 運用於文獻引文分析研究的意義與功
    能〉。《科學與人文研究》，6（4），80-94。

20. 吳佳芬（2020）。〈HistCite®的升級、修正與各種運用〉。《科學與
    人文研究》，7（4），1-10。

21. 吳佳芬（2020）。〈操作 Histcite pro 2 前 WOS 未知資料的修正處
    理〉。《科學與人文研究》，7（3），196-202。

22. 吳福祥（2020）。〈漢語語法化研究的幾點思考〉。《漢語學報》，
    3，10-15。

23. 呂叔湘（1947）。《中國文法要略》。北京：商務印書館。

24. 岑麒祥（1988）。《語言學史概要》。北京：北京大學出版社。

25. 李如龍（1998）。《閩語研究》。北京：語文出版社。

26. 李寅華（2016）。〈長春地區方言程度副詞「老」和「賊」的對比分
    析〉。《吉林省教育學院學報》，10（32）卷，169-172。

27. 沈家煊（1994）。〈語法化研究綜觀〉。《外語教學與研究》，4，
    17-25。

28. 邢福義（2004）。〈擬音詞內部的一致性〉。《中國語文》，5，417-
    429。

29. 邢福義、汪國勝（2003）。《現代漢語》。武漢：華中師範大學出版
    社。

30. 周　娟（2006）。〈「暴」類新流行程度副詞的多維考察〉。《修辭學習》，6，45-48。

31. 屈承熹（2010）。《漢語認知功能語法》。臺北：文鶴出版社。

32. 林　燾（2010）。《中國語音學史》。北京：語文出版社。

33. 林寶卿（2007）。《普通話閩南方言常用辭典》。廈門：廈門大學出版社。

34. 邵敬敏（1981）。〈擬聲詞初探〉。《語言教學與研究》，4，57-66。

35. 侯精一（2002）。《現代漢語方言概論》。上海：上海教育出版社。

36. 俞允海、潘國英（2007）。《中外語言學史的對比與研究》。上海：上海三聯書店。

37. 姚榮松（2000）。〈論台灣閩南方言詞進入國語詞彙的過程〉。《華文世界》，95，34-46。

38. 姜天送（2014）。〈淺析東北方言程度副詞賊〉。《語文教學通訊》，9，77-78。

39. 段福德（2008）。〈永新話中的程度副詞「惡」〉。《萍鄉高等專科學校學報》，1，103-104。

40. 胡麗珍（2008）。〈再論三個程度副詞「巨」、「狂」、「奇」〉。《修辭學習》，3，79-80。

41. 唐賢清、陳麗（2011）。〈「死」作程度補語的歷時發展及跨語言考察〉。《語言研究》，3，79-85。

42. 孫朝奮（1994）。〈虛化論評介〉。《國外語言學》，4，19-25。

43. 孫錫信（2003）。〈語法化機制探賾〉。《漢語學習》，1，27-31。

44. 徐宏宇（2018）。〈東北方言程度副詞「老」和「賊」〉。《理論觀察》，11，5-7。

45. 徐烈炯（2008）。《中國語言學在十字路口》。上海：上海教育出版社。

46. 徐傑、田源（2013）。〈A 不 AB 與 AB 不 A 兩種反復問句的統一處理及相關的句法問題〉。《當代語言學》，4，379-392。

47. 索振羽（1994）。〈索緒爾及其《普通語言學教程》〉。《外語教學

與研究》，2，51-56。

48. 馬　真（1991）。〈普通話裡的程度副詞「很」、「挺」、「怪」、「老」〉。《漢語學習》，2，8-13。

49. 高明凱（譯）（1999）。《普通語言學教程》（Ferdinand de Saussure）。北京：商務印書館。（Cours de linguistique générale：1916）。

50. 常純民（1983）。〈試論東北方言程度副詞〉。《齊齊哈爾師範學院學報》，3，115-121。

51. 張　然（2016）。〈試析東北方言程度副詞「賊」〉。《赤峰學院學報》（漢文哲學社會科學版），37（4），174-175。

52. 張伯江（2005）。〈功能語法與漢語研究〉。《語言科學》，6，42-53。

53. 張伯江（2013）。《什麼是句法學》。上海：上海外語教育出版社。

54. 張誼生（2000）。〈論與漢語副詞相關的虛化機制──兼論現代漢語副詞的性質、分類與範圍〉。《中國語文》，1，3-15。

55. 張誼生（2004）。《現代漢語副詞探索》。上海：學林出版社。

56. 曹逢甫（1997）。《族群語言政策》。臺北：文鶴出版社。

57. 曹逢甫、劉秀雪（2008）。〈閩語小稱詞語法化研究──語意與語音形式的對應性〉。《語言暨語言學》，3，629-657。

58. 畢永峨（2009）。〈語言使用與語法化〉。《語言與認知》，蘇以文、畢永峨編。台大出版中心。

59. 郭錫良（2003）。〈古漢語虛詞研究評議〉。《第三屆國際漢學會議論文集──古今通塞：漢語的歷史與發展》。中央研究院語言所。

60. 陳望道（2009）。《陳望道語言學論文集》。北京：商務印書館。

61. 陳菘霖（2017）。〈聲情入句與語言變異──以兩岸語料庫為本〉。《當代中國研究期刊》，4（1），11-24。

62. 陳菘霖（2020）。〈臺灣華語詞匯轉類及華語方言詞詞匯化類型研究〉。《當代中國研究期刊》，7（1），33-61。

63. 陶　玲（2011）。〈程度副詞「賊」的語法化分析〉。《凱里學院學報》，29（4），113-115。

64. 陶紅印（2001）。〈出現類動詞與動態語義學〉。《從語義信息到類型比較》，史有為編。北京：北京語言大學出版社。

65. 陸志韋（1956）。《北京話單音詞匯》。北京：科學出版社。

66. 陸儉明（2018）。《新加坡華語語法》。北京：商務印書館。

67. 湯廷池（1988）。《漢語詞法句法論集》。臺北：臺灣學生書局。

68. 湯廷池（1989）。《漢語詞法句法續集》。臺北：臺灣學生書局。

69. 湯志祥（2004）。〈過往二十年社會變遷對詞語的催生與篩選〉。《中國社會語言學》，1，92-104。

70. 馮志偉（1961）。〈「語法」定名勝於「文法」〉。《中國語文》，2，37-40。

71. 黃伯榮（1996）。《漢語方言語法類編》。山東：青島出版社。

72. 黃伯榮、廖東序（2011）。《現代漢語》（增訂五版）。北京：高等教育出版社。

73. 黃宣範（1995）。《語言社會與族群意識》。臺北：文鶴出版社。

74. 黃宣範（譯）（1983）。《漢語語法》（Li & Thompson）。臺灣：文鶴出版社。（Mandarin Chinese：A Functional Reference Grammar：1980）

75. 楊成虎（2000）。〈語法化理論評述〉。《山東師大外國語學院學報》，4，10-14。

76. 楊德峰（2014）。〈程度副詞修飾動詞再考察〉。《漢語學習》，4，3-9。

77. 董秀芳（2002a）。〈論句法結構的詞彙化〉。《語言研究》，3，56-65。

78. 董秀芳（2002b）。《詞彙化——漢語雙音詞的衍生和發展》。北京：商務印書館。

79. 董秀芳（2011）。《詞彙化——漢語雙音詞的衍生和發展》（修訂版）。北京：商務印書館。

80. 鄒嘉彥、馮良珍（2000）。〈漢語（五地）與日語新概念詞語對比研究——從新聞視窗看詞彙衍生與重整〉。《語言研究》，3，51-70。

81. 趙　芳（2006）。〈試論當代新興的程度副詞——巨、惡、狂、超、

暴〉。《海外華文教育》，4，64-70。

82. 劉　燕（2014）。〈程度副詞「賊」和「超」社會語言學調查分析〉。《綏化學院學報》，34（9），68-72。

83. 劉丹青（2001）。〈語法化中的更新、強化與疊加〉。《語言研究》，2，71-81。

84. 劉秀瑩（2007）。〈禁忌的漂白——初探「死」的語法化過程與極性補語的用法〉，《歐洲漢語語言學叢書——漢語語言學在布達佩斯》，33-50。

85. 蔡　冰（2010）。〈新興程度副詞「狂」的語法化程度〉。《語言科學》，6，599-606。

86. 蔡欣倫（2017）。〈引文編年可視化軟體 HistCite 的功能、優缺點與改進之道〉。《科學與人文研究》，4（3），57-76。

87. 蔡欣倫（2018）。〈文獻計量法可視化分析：以金屬增材製造（3D 打印）技術發展為例〉。《科學與人文研究》，5（3），97-121。

88. 鄭　縈、陳菘霖（2005）。〈現代漢語情態副詞「也許」的語法化歷程〉。《語文學報》，12，181-211。

89. 聶志平（2005）。《黑龍江方言詞彙研究》。吉林：吉林人民出版社。

90. 顏秀珊（2008）。〈臺灣華語中的閩南方言詞初探〉。《新竹教育大學人文社會學報》，創刊號，49-68。

91. 龔千炎（1997）。《中國語法學史》。北京：語文出版社。

## 英文類

1. Bauer, L. (2005). *Approaches to conversion, zero-derivation*. Waxmann Münster

2. Bisang, W. (2011). *Grammaticalization and linguistic typology*. Oxford Handbooks Online.
   https://doi.org/10.1093/oxfordhb/9780199586783.013.0009

3. Brinton, L. J., & Traugott, E. C. (2005). *Lexicalization and language change*. Cambridge University Press.

4.　Bybee, J. L., Perkins, R. D., & Pagliuca, W. (1994). *The evolution of grammar: Tense, aspect, and modality in the languages of the world.* University of Chicago Press.

5.　Cheng, R. L. (1985). A comparison of Taiwanese, Taiwan Mandarin, and Peking Mandarin. *Language*, 61(2), 352. https://doi.org/10.2307/414149

6.　Croft, W. A. (1990, 2003). Typology and universals. Cambridge University Press.

7.　George F McHendry Jr., M. Elizabeth Thorpe, Jessica A. Kurr, James L Golden, Goodwin Berquist, William Coleman, James M Sproule. (2020). *The Rhetoric of Western thought: From the Mediterranean world to the global setting.* Kendall Hunt Publishing Company.

8.　Hacken, P. ten, & Thomas, C. (2013). *The semantics of word formation and lexicalization.* Edinburgh University Press Ltd.

9.　Harris, A.C., and Campbell, L. (1995). *Historical Syntax in Cross-linguistic Perspective.* Cambridge: Cambridge University Press.

10.　Haspelmath, M. 2022. Against "lexicalization" (and what to replace it with) *Proceedings of the 2022 Choosing your Words: Lexicalisation and Grammaticalisation in Greek and Latin*, UCL 2022 April 1-2. https://www.ucl.ac.uk/classics/sites/classics/files/haspelmath_handout_lond on.pdf. (accessed 4 November 2022).

11.　Heine, B., & Reh, M. (1984). *Grammaticalization and reanalysis in African languages.* Hamburg: Helmut Buske.

12.　Heine, B., Claudi, U., & Hünnemeyer Friederike. (1991). *Grammaticalization: A conceptual framework.* University of Chicago Press.

13.　Hinton, L., Nichols, J., & Ohala, J. J. (2006). *Sound symbolism.* Cambridge University Press.

14.　Hopper, P. (1987). Emergent grammar. *Annual Meeting of the Berkeley Linguistics Society*, 13, 139. https://doi.org/10.3765/bls.v13i0.1834

15.　Hopper, P. J. (1991). On some principles of grammaticization In Elizabeth Closs Traugottand Bernd Heine eds *Approaches to Grammaticalization.* Vol

1, 17-36. Amsterdam:John Benjamins.

16. Hopper, P. J., & Traugott, E. C. (1993, 2003). *Grammaticalization*. Cambridge University Press.

17. Kuteva, T., Heine, B., Hong, B., Long, H., Narrog, H., & I., S. ha. (2019) 2nd. *World Lexicon of Grammaticalization*. Cambridge University Press.

18. Lehmann, C. (1982, 1995). *Thoughts on Grammaticalization*: A Programmatic Sketch, Volume 1. Arbeiten des KoÈ lner Universalienprojekts 49 (1982) [Department of Linguistics, University of Cologne, Cologne]. Revised as Thoughts on Grammaticalization [LINCOM Studies in Theoretical Linguistics, 1]. LINCOM Europa, Munich, 1995. https://doi.org/10.26530/oapen_603353

19. Lehmann, C. 2002. New reflections on grammaticalization and lexicalization. In Wischer, Ilse & Diewald, Gabriele (eds.), *New reflections on grammaticalization*, 1-18. Amsterdam: Benjamins.

20. Levin, B., & Hovav, M. R. (2019). Lexicalization patterns. *The Oxford Handbook of Event Structure*, 393-425. Oxford University Press. https://doi.org/10.1093/oxfordhb/9780199685318.013.18

21. Liu,H. & Hsieh,Z.(2018).Shén (神) in Modern Chinese. Studies in Chinese Linguistics,39(1) 67-98. https://doi.org/10.2478/scl-2018-0003

22. Mal'chukov, A. L., & Bisang, W. (2017). *Unity and diversity in grammaticalization scenarios*. Language Science Press.

23. Matisoff, J. A. (1991). Areal and universal dimensions of grammatization in Lahu. *Approaches to Grammaticalization*, 383. https://doi.org/10.1075/tsl.19.2.19mat

24. Moreno Cabrera, J. C. (1998). On the relationship between Grammaticalization and lexicalization. *Typological Studies in Language*, 211. https://doi.org/10.1075/tsl.37.10mor

25. Oliver, G. R. (2012). *Foundations of the assumed business operations and strategy body of knowledge (Bosbok): An outline of shareable knowledge.*

Sydney University Press.

26. Packard, J. L. (2000). *The morphology of Chinese: A linguistic and cognitive approach.* Cambridge University Press.

27. Pustejovsky, J., & McDonald, D. (2014). Representing Inferences and their Lexicalization. *Advances in Cognitive Systems*, 3, 143-162.

28. Robins, R. H. (2001, 2014). *A short history of linguistics.* Routledge.

29. Sadock, J. M. (1988). The autolexical classification of lexemes, in Hammond and Noonan, 271-90.

30. Talmy, L. (2000). *Toward a cognitive semantics.* MIT Press.

31. Tsao, F. F. (曹逢甫). (1996). On Verb Classification in Chinese. *Journal of Chinese Linguistics* 24:1: 139-191.

32. Xing, J. Z. (邢志群). (2012). *Newest trends in the study of Grammaticalization and lexicalization in Chinese.* De Gruyter Mouton.

33. Yang, Y. (2012). On the semantic attrition of high degree adverb in Mandarin Chinese. *Proceedings of the 2nd International Conference on Electronic and Mechanical Engineering and Information Technology (2012).* https://doi.org/10.2991/emeit.2012.512

34. Zhang, H. M. (張洪明). (1994). The Grammaticalization of 'Bei' in Chinese. In book: *Chinese Languages and Linguistics.* vol. 2 p.321-360, Taiwan, Academia Sinica.

## 電子資料庫

1. 大英百科全書 https://www.britannica.com/
2. 牛津字典 https://www.oed.com/
3. 劍橋字典 https://dictionary.cambridge.org/
4. 北京語言大學 BCC 語料庫 http://bcc.blcu.edu.cn/
5. 國家圖書館臺灣華文電子書庫 https://taiwanebook.ncl.edu.tw/zh-tw
6. 中央研究院漢籍電子文獻資料庫 https://hanchi.ihp.sinica.edu.tw/ihp/hanji.htm
7. Internet Archive 圖書館 https://archive.org/about/

8. 國立臺灣大學雲端服務與整合中心 https://management.ntu.edu.tw/CSIC

9. Clarivate Journal Citation Reports https://jcr.clarivate.com/jcr/home

10. Web of Science https://www.webofscience.com/wos/woscc/basic-search

11. Google Scholar https://scholar.google.com.tw/

12. VOSviewer - Visualizing scientific landscapes https://www.vosviewer.com/

13. 國家教育研究院雙語詞彙、學術名詞暨辭書資訊網 https://terms.naer.edu.tw/

14. 國立臺灣大學語言學研究所語言處理與人文計算實驗室(LOPE) https://lopen.linguistics.ntu.edu.tw/

15. PTT Corpus http://140.112.147.132:9898/

16. 蔣經國基金會－中國哲學書電子化計劃 https://ctext.org/zh

附圖一：主題關鍵詞 "Lexicalization" 引文編年圖

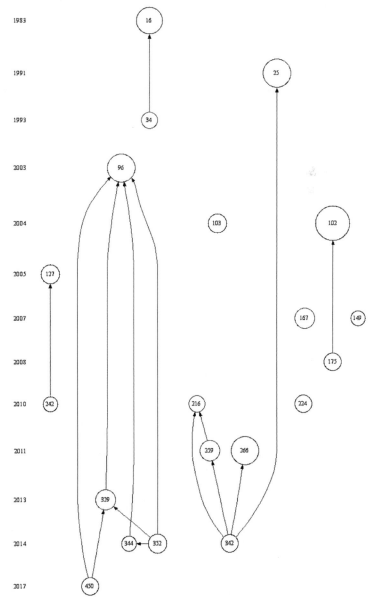

## 附圖二：主題關鍵詞 "Grammaticalization" 引文編年圖

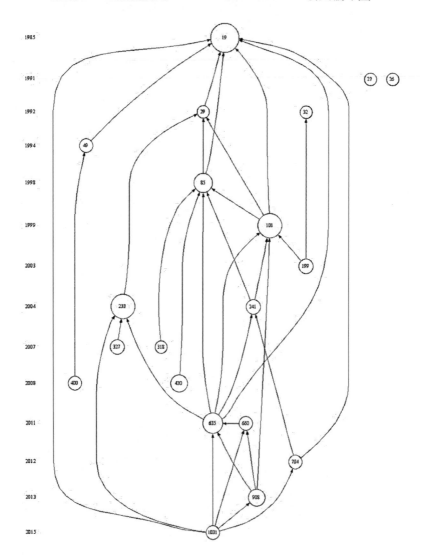

附圖三：主題關鍵詞 “Grammaticalization” 各類關鍵詞的聚類視圖

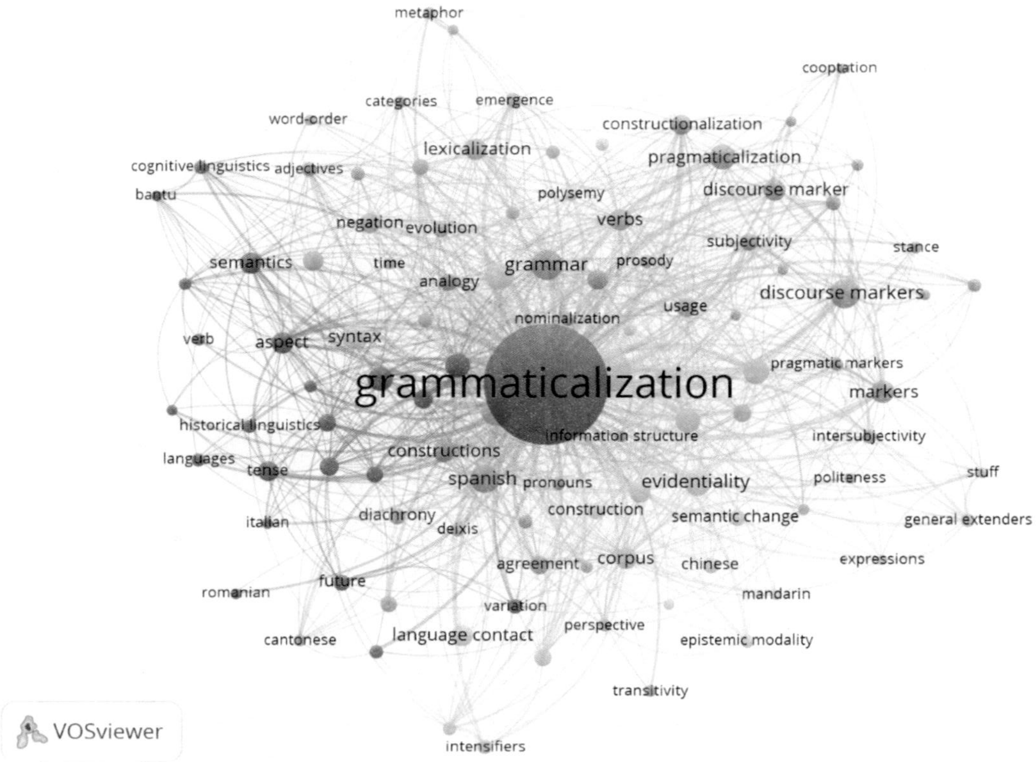

附圖四：主題關鍵詞 "Lexicalization" 各類關鍵詞的聚類視圖

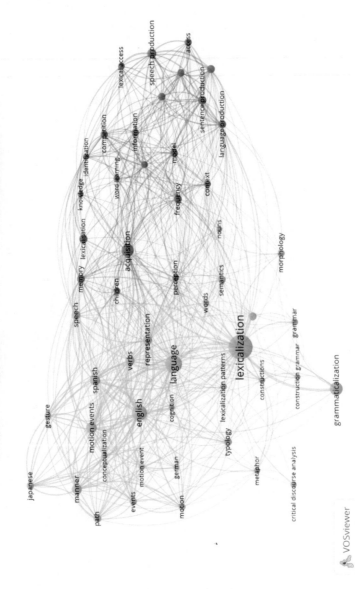

# 索　引

國家圖書館出版品預行編目資料

詞彙化與語法化——理論框架及應用分析

陳菘霖著. – 初版. – 臺北市：臺灣學生，2022.11
面；公分

ISBN 978-957-15-1901-2 (平裝)

1. 語言學 2. 詞彙 3. 語法 4. 文集

800.7                                            111019297

## 詞彙化與語法化——理論框架及應用分析

著　作　者　陳菘霖
出　版　者　臺灣學生書局有限公司
發　行　人　楊雲龍
發　行　所　臺灣學生書局有限公司
地　　　址　臺北市和平東路一段 75 巷 11 號
劃 撥 帳 號　00024668
電　　　話　(02)23928185
傳　　　眞　(02)23928105
E - m a i l　student.book@msa.hinet.net
網　　　址　www.studentbook.com.tw
登 記 證 字 號　行政院新聞局局版北市業字第玖捌壹號
定　　　價　新臺幣三二〇元
出 版 日 期　二〇二二年十一月初版
I　S　B　N　978-957-15-1901-2

80010